나는 한국인이 아니다

나는 한국인이 아니다

송경동 시집

창비

차례

제1부 ___

고귀한 유산 010

어머니의 나라말 012

MRI를 찍던 날 014

삘찌 예찬 016

허공클럽 018

시인과 죄수 020

몸철학 022

바다 취조실 024

뒷마당 026

다른 서사 028

학문이 열리던 날 029

마지막 잎새 032

여섯통의 소환장 034

제2부 ___

주문 040

문딩이 가족사 042

말더듬이 044

새벽 안주 046

결핵보다 더 무서운 병 048

소금과 나트륨의 차이 050

그 노래들이 잊히지 않는다 052

사다리에 대하여 056

국가, 결격사유서 060

사적 유물론 062

모자를 쓰고 싶었다 064

그리운 하루 067

제3부 ___

진술을 거부하겠습니다 072

교조 074

관료 076

먼저 가는 것들은 없다 079

변혁을 위한 비빔밥 080

법외 인간들을 찬양함 082

우리 모두가 세월호였다 085

1%에 맞선 99%들 088

나비효과 090

나는 한국인이 아니다 092

제4부 ____

문장강화 106

저작권 108

자유권 110

빈자리 111

명경 112

모두가 떠나간 폐교 113

연인들 114

국보 116

가리봉 공구점 118

내가 앉아 있어야 할 자리 120

그 고양이들은 모두 어디로 갔을까 121

스모키 마운틴 124

제5부 ____

공장은 무덤을 생산한다 128

기름과 보낸 십년 130

경로 132

여덟발자국 133

너희는 참 좋겠구나 136

노동자들의 국기 140

우리들의 크리스마스 143

아직은 말을 할 수 있는 나에게 146

저녁 운동장 152

해설 | 송종원 153

시인의 말 172

제1부

고귀한 유산

내가 죽어서라도 세상이 바뀌면 좋겠다며
내어줄 것이라고는 그것밖에 남지 않았다는 듯
노동자들이 목숨을 놓을 때마다

죽음을 이용하지 말라고
보수언론들이 이야기한다

천상 호수 티티카카호까지 가는 뻬루의 고산 열차는
1870년 착공해 완공까지 삼십팔년이 걸렸다
공사 기간 중 이천명 넘는 인부들이 죽었다
중간 역도 없이 만년설 속을 열세시간 달리는데
딱 한번 이십분간 정차한다

사람들은 기차를 탄다고 생각하겠지만
어쩌면 이천명의 상여를 타고 가는 것인지도 모른다
죽음을 이용하지 말라고?
사회가 우리의 삶을 이용 대상으로 삼지 않는다면
누군가의 죽음을 특별히 애도할 일도 없을 것이다

우리가 스스로 선택해 내릴 수 있는
생의 정거장은 의외로 많지 않다

어머니의 나라말

우리는 모두 태어나면서부터
벌교 사람이었지만
어머니는 오랫동안
혼자 '여천떡'이었다

이름이 따로 없다가
내가 학생이 되고서야 가끔씩
생활기록부 속에서
'이청자' 씨가 되었다

밥도 부뚜막에서 혼자 먹고
늘 맨 뒤에서 허둥지둥
무언가를 이고 지며 따라오던 사람
모두가 잠자리에 든 뒤 들어왔다
새벽녘이면 슬그머니
빠져나가던 사람

어디선가 빌려와

언젠간 돌려보내줘야 할
딴 나라 사람 같던
어머니

가장 가깝고도 머나먼
소라와 조개가 많이 난다는 나라
어머니의 그 나라말을
우리는 한번도 들어보지 못했다

MRI를 찍던 날

아무리 잘 지은 건물도
투시안경을 쓴 듯 속뼈가 보인다

녹슨 철근, 뒤틀린 배관
엉성한 설비, 팩 토라진 샤시
얄팍한 전선들, 상 우그러진 닥트
시멘트 공구리에 묻힌
자갈들, 여기저기
오줌 자국까지 훤히 보인다

다른 안경을 써보려 해도
잘 안된다 눈 감아도 선하다

H빔에 발가락 물린 최씨
그라인더에 눈을 간 안씨
제 손을 타공한 김씨
엘리베이터 홀로 골인한 고씨
아시바에서 뒤로 착지한 원씨

장비에 깔려 탕탕탕 세번 바닥을 치다 간 박씨
비 오는 날 용접선에 달라붙은 황씨

수평이 안 맞았군
마감이 허술해
저곳을 보강해줘야 할 텐데
떼먹힌 노임, 망가진 몸보다
제대로 된 일 매듭이 더 눈에 선한

노동자의 마흔

삔찌 예찬

경북 구미공단 스타케미칼
공장 굴뚝에 올라간 지 이백일 넘은
차광호가 보내온 사진 한장
형형색색 층층이 쌓인 사각형들
고흐의 해바라기처럼 현란한 색채
그 위에서 그림을 그렸느냐고, 무척 아름답다 했더니
굴뚝 침탈 시 무기로 쓰려고
소변 담은 사각 페트병을
차곡차곡 쌓아둔 거란다
그날 먹은 것에 따라 꽁꽁 언 페트병 무늬가 달라져
이렇게 아름다운 작품이 되었다고
역시 위대한 것은 물질이라고 한다

그 무렵 평택 쌍용자동차 굴뚝 위에서
벌써 석달째 살고 있는 이창근이
70미터 굴뚝에 오를 때 가장 고마웠던 게 뭔지 아느냐, 묻
더니
삔찌라고 한다 새벽 2시 삔찌가 있었기에

철조망을 끊고 굴뚝 아래까지 전진할 수 있었다고
인간이 만든 가장 위대한 물질이
삐찌라고 너스레를 떤다 올라와서도
자신을 살게 해준 건 구체적인 물질과 현상들
비닐 휘장을 찢어놓거나
굴뚝 재를 흩뿌리거나 먼지를 몰아와
언제나 '노동'을 선사해준
바람에게 특히 고맙다고 한다

가장 가파른 곳에 서본 사람들은 안다
관념보다 귀한 게 물질임을
노동이 사람을 얼마나 사람답게 하는 것인지를

허공클럽

부산 영도 한진중공업 85호 크레인에서 김진숙 씨가 수백일째 고공농성으로 기네스 기록을 갱신하고 있을 때, 아이디어 많은 박점규가 '고공클럽'을 제안했다. 그간 평지에서 살지 못하고 고공으로 올라간 사람 백명만 엄선해 모아보자는 계획이었다.

기륭전자 비정규직 투쟁 때 포클레인에 올라간 나도 당연히 회원일 거라 했는데 그만 탈락하고 말았다. 농성하다 떨어져 병원 신세까지 진 나를 왜 빼느냐고 항의하자, 거긴 5미터밖에 안돼 자칫 '고공클럽'을 희화화할 수 있단다. 제일 높이 오른 이는 현대하이스코 비정규직으로 130미터. 정히 불만이면 '저공클럽'을 만들란다.

다른 후보의 탈락 사유는 정말이지 너무했다. 그는 부평 GM대우 비정규직으로 한강다리 난간에 매달려 있다 강으로 뛰어내리기까지 했다. "야, 나는 30미터도 넘는데 왜 빼?" 하자 돌아온 대답이 걸작이었다. 거기는 고공이 아닌 '허공', 불만이면 '허공클럽'을 따로 만들라는 말에 모두 깔깔거렸다.

　그렇게 피눈물 없이는 바라볼 수 없는 시절들이 모여 지상에선 존재할 수 없었던 아름다운 사람들의 클럽 하나가 만들어졌다.

시인과 죄수

천상병시문학상을 받는 날
오전엔 또 벌 받을 일 있어
서울중앙법원 재판정에 서 있었다

한편에서는 정의인 게
한편에서는 불법, 다행히
벌금 삼백만원에 상금 오백만원
정의가 일부 승소했다

신동엽문학상 받게 됐다는
소식을 들은 날 오후엔
드디어 체포영장이 발부됐다는
벅찬 소식을 전해 들었다

상 받는 자리는
내 자리가 아닌 듯 종일 부끄러운데
벌 받는 자리는 혼자여도
한없이 뿌듯하고 떳떳해지니

부디 내가 더 많은 소환장과

체포영장과 구속영장의 주인이 되기를

어떤 위대한 시보다

더 넓고 큰 죄 짓기를 마다하지 않기를

몸철학

다시 조사받으러 끌려나간
부산검찰청 유치장 13방, 벽 낙서
'4년도 살았는데 2년 6개월 못 살겠냐
친구야, 열심히 몸 만들어 다시 만나자'

쇠수갑 포승도 우두둑 끊을 근육
다시는 붙잡히지 않을
축지법이라도 연마하겠다는 것일까
아무래도 무슨 노동자가 되기 위해
건강한 몸 만들자는 이야기는 아닌 듯한데

그럼 나는 어떤 몸 만들어 나가지?
여러 운동 구상은 해봤지만
구체적인 몸 생각은 전혀 못해봤다
팔굽혀펴기 열개가 힘들고
윗몸일으키기 다섯번이 벅차다

이런 몸으로 무슨 운동이냐고

언제부터 운동이 머리로 하는 게 됐느냐고
나도 '열심히' 몸이나 만들어 나가야겠다는
철창 속 푸른 생각

바다 취조실

밤에도 일하는 사람들이 있다고
달래듯 발밑에서 파도가 철썩인다
나는 모르는 일이라고 말한다

이 밤에도 도는 라인이 있다고
사방에서 파도가 입을 열고 따져 묻는다
나는 이제 모른다 모른다고 한다

이 밤에도 끌려가는 사람들이 있다고
벌떡 일어서 눈 밑까지 다가오는 파도
그래서 어쩌란 말이냐고
나는 이제 모두 잊고만 싶다고 한다

아직도 정신을 못 차렸다고
얼굴을 냅다 후려치는 파도
내가 무엇을 잘못했느냐고
자갈처럼 구르며 울고만 싶다

이십여년 노동운동 한다고 쫓아다니다
무슨 꿈도 없이 찾아간 바닷가
파도의 밤샘 취조

뒷마당

아무도 안 올라오는데 뭐!
며칠 동안 요사채 앞 눈 위에
담배똥을 털었다 보기 싫으면
털장화로 살짝 눈더미를 쓸어 덮어버렸다
사는 내내 그렇게 나는
허물을 살짝살짝 덮으며
기회주의적으로 살아왔다

겉으로 드러나지만 않으면 되지 뭐!
방문턱에 서서 여러군데로
오줌을 방사하기도 했다
총탄 자국처럼
구멍이 숭숭 뚫린 그곳을
아침 일찍 출근하는
처사님이 보지 못하게
눈으로 슬쩍슬쩍 덮어두었다

세상이 한번은 뒤집어져야 한다고 수없이 떠들었는데

그 전에 내 속이 먼저 한번은 뒤집어져야 하는 것 아닐까
더러워진 눈을 치우며
내 가슴에도 푹, 삽날 하나 꽂아본다

다른 서사

탈근대, 탈영토, 탈식민지, 탈구조화……
탈이라면 이런 것들만 생각해왔는데
오늘은 탈곡기로 콩 터는 일을 돕는다

통통통 발동 소리 따라
차라락 쏟아져나와 새 부대를 채우는
해콩들이 실하고 오지다
함께 묶여 있다는 것도 고정관념일 뿐
언제까지 옛 인연에 갇혀 있을 거냐고
이렇게 지난 허물 탈탈 털어버리고
새로 태어나는 일이 얼마나 값진 일이냐고

우수수 쏟아지는
오늘, 콩들이 새롭다

학문이 열리던 날

포클레인 위에서 떨어진 후
병원에 안 가겠다고 다시 기어올라가
손수건으로 감싼 나무토막을 입에 물고
텐트 안에서 일곱시간을 버텼다
뒤늦게 달려온 정보과 형사들이
혹시라도 먹잇감을 놓칠까봐
포클레인 주변을 떠나지 않았다

밤 12시, 앞뒤에 망차를 한대씩 따라붙이곤
몰래 병원으로 향했다 발뒤꿈치뼈가
비스킷마냥 부스러져 있었다
퉁퉁 부어 수술이 안된다고
진통제만 맞으며 하루를 더 버텨야 했다
끝까지 농성을 지키지 못한 게 더 뼈저리고
참을 수 없이 고통스러웠지만
그만큼 노력했으면 됐다 했다
학벌도 뭣도 없어 남들처럼 내놓을 게 없는데
뒤늦게 발 한짝이라도 내놨으니

이제 나가면 정말 운동 한번
제대로 해보겠구나 했다

그러나 빌어먹을, 복병은 따로 있었다
그것은 내 안에 시커멓게 숨어 있었다
나름 고공농성이라고 부분 단식을 해왔는데
이십여일 만에 처음으로
숙변을 보라고 기별이 온 날
혼자서 간신히 휠체어에 올라타고 몇번이고 나서보는데
포탄처럼 굳은 변은 나오지 않고
피가 쏠린 다리는 실밥이 터질 듯 아프고
말뚝 박힌 듯 한번 열린 뒤는
찢어진 채 닫히지 않고
아, 이런 전투는 처음이야
눈물 콧물 흘리며 혼자 용을 쓰는 밤

비로소
운동이 무엇인지를 알게 되었다

진짜 운동은 입으로 하는 게 아니라
뒤로 하는 것임을
고귀한 영혼의 일이 아니라
이렇게 고통스럽고 지저분한 몸의 일임을
항문이 찢어지며 알게 되었다

그날 이후 다시는
운동은 온몸 바쳐 해야 한다는 말을
쉽게 입에 담지 못한다

마지막 잎새

「마지막 잎새」나 「노란 손수건」을 읽은
어린 시절은 행복했다

내가 사년의 옥살이를 마치고 돌아오는 빙고나
폐병으로 말라가는 존시가 되더라도
누군가 한사람쯤은 날 위해
노란 손수건을 걸어주거나
마지막 잎새를 그려줄지도 모른다는 희망

물론 내 젊은 시절도 아름다웠다
모두가 함께 살아야 한다고
공장 난간에 매달려 펄럭이는
철거촌 망루 창문에 펄럭이는
한강철교와 크레인
CC카메라탑 위에서 펄럭이는
노란 손수건들을 수없이 보았으니

더불어 살아야 한다고

깎아지른 건물 외벽 철구조물에
텅 빈 노조 사무실 배관파이프에
쫓겨난 공장 정문 국기 게양대에 자신들의 목을 건
남산 하얏트호텔 앞에서 울긋불긋 몸을 그슬린
서울역 고가 위에서 빨갛게 몸을 달군
수많은 마지막 잎새들을 보았으니

그 노란 손수건들 아래에서
그 마지막 잎새들 앞에서
눈물짓던 수많은 사람들을 보았으니
내 인생의 기대는 헛되지 않았다

여섯통의 소환장

늦은 밤 집에 들어오니
아내가 우편물 한묶음을 내놓는다
종로경찰서 영등포경찰서 서초경찰서 남대문경찰서 서
울중앙지법
골고루 다양한 곳에서 여섯통의 소환장이
한날한시에 와 있다 기네스협회에라도 보낼까

한장은 기름전자 비정규직과 함께 을지로입구 사거리에
서 붙었던 날
한장은 쌍용차 해고자들과 함께 대법원 앞 횡단보도에서
붙었던 날
한장은 LGU+ SK브로드밴드 비정규직 벗들과 함께 국
회 앞에서 한판 하던 날
한장은 명동 중앙우체국 앞 광고탑 고공농성 선동 혐의
또 한장은 그 모든 이들과 함께 청와대 앞
마지막 한장은 세월호 추모집회 관련 재판 소환

우리 기준으로는,

신고가 필요하지 않은 기자회견에 추모제이거나
문화제이거나 측은지심이거나
차마 돌아서지 못한 양심이거나
지속가능한 사회를 위한 연대이겠지만

저들 기준으로는,
미신고 집회 주최 집회 및 시위에 관한 법률 위반
해산 불응 구호 제창 피케팅 기준 소음 초과 건조물 침입
폭력행위 등 처벌에 관한 법률 위반
특수공무집행방해 일반교통방해

빨리 간이 졸아들어야 하는데……
오랜만에 아이에게 점수를 따기 위해
쇠고기 장조림을 만들려고
메추리알을 잔뜩 사온 날이었다

이제 한시라도 빨리
나를 만나고 싶다는 이들은

대한민국 경찰과 검사들뿐
근래엔 애창곡을 이선희의 「인연」으로 바꿨다
얼마 전 2011년 희망버스 주동으로
1심에서 실형 2년을 선고받고
간신히 보석으로 살아나온 날이었다
가사가 참 마음에 들었다
"인연(2년)이라고 하죠 거부할 수가 없죠"
그다음 구절이 더 좋았다
"내 생에 이처럼 아름다운 날 또다시 올 수 있을까요"
그다음 구절은 또 어떠한가
"고달픈 삶의 길에 당신은 선물인걸"

그런다고
요 근래 내게서 멀어진
아이 마음이 돌아설까마는
짭짤하니 좋다
무엇이?
장조림이?

내 인생이?

제2부

주문

이사하고 집안에 흉사가 끊이지 않는데
꿈속에 큰 구렁이 두마리가
뒤란 대숲으로 사라지더란다

미신인 줄 알면서도, 조기에 잡지 않으면
내내 주술이 끊이지 않을 것 같아
밤마다 어머니 꿈길 속으로 몰래 숨어들었다

며칠을 잠복해 있다
사투 끝에 한마리는 잡았는데
한마리는 그만 놓치고 말았다
이제나저제나 나타나려나

그러던 어느날 오후 깜박 졸았는데
행여나 네놈이 나를 잡겠다는 거냐고
어머니가 열폭 비단구렁이로 변해 담을 늠실늠실 넘어
대숲으로 미끄러지는 것이었다

어머니의 주문을 이해하기까지는
천년의 시간쯤이 필요하다

문둥이 가족사

칠순이 넘어서야 마침내
생활 주도권을 쥐게 된 어머니에게
아버지는 종종 '저 문둥이'가 된다

그 말을 함께 사는 막내 여동생의
셋째 딸 미연이가 배워
어린이집에 가서 씩씩하고 똘똘하게
여러차례 걸쳐 말했단다
"우리 할아버지는요…… 문둥이예요"

그 말을 전해 들은 여동생이
안되겠다 싶어 시간이 날 때마다 가르쳤단다
"미연아, 할아버지는 문둥이가 아니라 가브리엘이야. 알
았지?"
워낙 영특한 아이라 효과가 있었는지
얼마 후 아이가 어린이집에서 선생님들에게
다시 씩씩하게 할아버지 자랑을 하더란다
"우리 할아버지는요, 문둥이가 아니라 가브리엘이에요"

그래서 요 근래 온 집안이 협정을 맺어
문딩이라는 말을 쓰지 않는다고
이젠 저도 마흔이 되어간다는 여동생이
귀 쫑긋한 미연이 눈치를 살피며
밤하늘 샛별처럼 소곤소곤 이야기하는데
잊을 수 없던 상처들도 세월이 가면
이렇게 조금은 맑아지나보다

※ '문딩이'라는 말은 한센인을 폄하해 부르는 말입니다. 상처 많던
  가족사에 경계 없이 들어온 말이니 용서 바랍니다.

말더듬이

어려선 말더듬이였다
조금만 더 세상으로 나오렴
짧은 혀뿌리를 물고 한나절을 보내곤 했다 너도
저 바닷가 몽돌들처럼 잘 구를 수 있을 거야
르, 르, 르, 둥글게 만 혀를
수천번 굴리다보면 어느덧 둥근 저물녘

그 짧은 혀가 내 영혼의 작은 키였다
모든 위풍당당한 지배와 폭력과 선진의 언어들을
그 음운의 끝까지 거부하는 힘을
배웠다 번지르르한 말을 경계하고
세상엔 말하지 못한 슬픔들이
아직 말할 수 없는 아픔들이
오지 않은 말들이 더 많다는 걸 배웠다

지금도 혼자 있을 때면
아름다운 말들을 연습하는
나를 본다 '안녕'이라는 인사를

가장 많이 해보고 싶었다 더듬거리느라
하지 못한 말들이 아직도 많아
지칠 틈 없이 행복하다

새벽 안주
청춘에 보내는 송가 1

스무살 무렵 광부가 되고 싶어
찾아간 을지로5가 인력소개소
가방엔 낡은 옷 몇벌뿐
이번 생은 버려버렸다고
깊은 땅속에나 묻어버리자 했다

소개료 삼만원을 내고 나니
남은 돈 이만원
새벽에 온다는 봉고차를 기다려
여섯이 함께 들어간 낯선 여인숙
무인도로 팔려가는 것은 아니겠지
호주머니 속 이만원을 손에 꼭 쥐고
뜬눈으로 새우다 희뿌연 새벽
슬며시 길을 나섰지

그 새벽 을지로 인쇄골목
24시간 구멍가게에서 선 채로
콜콜콜 따라 마시던 소주 한병

안주는 고맙게도
막 삶아낸 달걀 세개였는데
그 짭짤하고 고소한 맛을
어찌 잊을까

결핵보다 더 무서운 병
청춘에 보내는 송가 2

종로2가 공구상가 골목 안
여인숙 건물 지하 목욕탕을 개조해 쓰던
일용잡부 소개소에서 날일 다니며
한달 십만원짜리 달방을 얻어 썼지
같은 방 친구의 부업은 타짜
한번에 오만원 이상은 따지 말 것
한달에 보름은 일을 다녀야 의심받지 않음
한곳에 석달 넘게 머물지 말 것
원칙 있던 그가 가끔 사주는
오천원짜리 반계탕이 참 맛있었지
밤새워 때 전 이불 속에서
책을 읽고 시를 쓰는 내게
너는 나처럼 살지 말라고 꼭 성공하라고
떠나는 날에야
자신이 결핵 환자라 고백했지
그가 떠난 날 처음으로
축축하고 무거운 이불을
햇볕 쬐는 여인숙 옥상 빨랫줄에 널었지

내게는 결핵보다 더 무서운
외로움이라는 병이 있다는 것을
차마 말하지 못했으니, 쎔쎔
괜찮다고 괜찮다고
어디에 가든 들키지 말고
잘 지내라고 빌어주었어

소금과 나트륨의 차이
청춘에 보내는 송가 3

아파트 형틀목공일 하면서
제일 힘든 것 중 하나는
한여름 뙤약볕에
지하층 바라시 들어가는 일

콘크리트가 굳으며 내는 열까지 더하면
초고온 한증막도 저리 가라
팬티 바람으로 못 주머니만 차고
빠루 하나씩 들고 뛰어들어갔다 나오는데
누구도 삼십분을 채 버티기 어려워
그때 부리나케 뛰어나와
탈진할까봐 한줌씩 주워 먹던
시커먼 눈이 달린
그 굵고 짭짤한 소금 맛을 잊을 수 없다

거기 비하면 구로공단
알루미늄 랩 만드는 공장에서
찜통 속 만두처럼 푹푹 찌며 일할 때 주던

동그랗고 하얀 알약 같은 나트륨은
참 싱겁고 멋도 맛도 없었다

그 노래들이 잊히지 않는다

서산군 대산면 독곶리 육십만평 간척지에
신축 공장을 지으며 폐자재처럼 살 때였다
철근도 젖고 공구함도 젖고
도면도 작업복도 용접봉도 젖고
마음마저 축축이 젖던 어느 오후
비 피하러 들어간 자재창고 후미진 구석에 박혀
쓸쓸한 노래 한곡을 부르는데
창고장이 웬 청승이냐고 나가라 했다
너무 야박하지 않으냐고 돌아서는데 뒷골이 떵
쓰러졌다 일어나는데 다시 앞에서 풀스윙
코 옆에서 입술까지 너덜너덜 찢어지고
이빨 넉대가 산산조각이 났다
노래 한곡 값이었다

지금도 그 노래들이 잊히지 않는다
"콩밭 매는 아낙네야 베적삼이 흠뻑 젖는다
무슨 설움 그리 많아 포기마다 눈물 심누나"
광주교도소 소년수 미결사동 6하 1방에서

일주일에 한번씩 카스테라 빵 다섯개와
백도 깡통 두개를 경품으로 걸고 하던 노래자랑
"사랑함에 세심했던 나의 마음이
그렇게도 그대에겐 구속이었소"
전주소년원 새벽 6시
기상나팔로 불러주던 구창모의 「희나리」
어떻게 부르면 노랫가락에서도 쇳내가 날 수 있을까
장현이거나 배호이거나 김추자이거나
철야작업 때면 여기저기서 들려오던
동료 작업자들의 마른 노래들
탕탕탕 깊은 밤을 울리던 망치 소리
픽픽 허공에서 불꽃놀이 하며 떨어지던 용접불똥들
아는 노래를 다 부르고 나도
쉬이 오지 않던 퇴근시간

세월이 흘러, 새벽 6시
서울시청 광장 25미터 조명철탑 위
"나서라 하청노동자 탄압 착취를 뚫고서"

「비정규직 철폐 연대가」를 부르며 오르던 기륭전자의
은미
　　멀리 바다가 보이는 거제도 35미터 송전탑 위에서
　　둥지 하나 없이 농성 중인 동지를 보며
　　"가버린 세월을 탓하지 마라
　　지나간 청춘일랑 욕하지 마라
　　......
　　어차피 우리는 한배의 운명이니까"
　　팔뚝질 노래를 부르던 대우조선 노동자들
　　"이별이 너무 길다 슬픔이 너무 길다
　　선 채로 기다리기엔 세월이 너무 길다
　　말라붙은 은하수 눈물로 녹이고
　　가슴과 가슴에 노둣돌을 놓아
　　그대 손짓하는 여인아"
　　벗이 목을 매단 85호 크레인 위에
　　다시 오른 김진숙을 위해
　　고공농성 백일째 되는 밤 12시
　　불 꺼진 크레인 아래에 하트 모양 촛불을 켜두고

백일 노래자랑을 해주던
한진중공업 늙은 노동자들을 보며
아무래도 우리에겐
다른 사랑 노래들이 있을 거라고
아직도 나는 거리를 헤맨다

사다리에 대하여

살면서 참 많은 사다리를 올라보았다
어려선 주로 나무 사다리였다
생선 궤짝에서 뜯어낸 썩은 널빤지로 만든 사다리
써금써금 한두칸이 푹푹 주저앉던 사다리
가끔 산에서 쪄온 옹이 진 나무들로 만든
삐뚤빼뚤 운치 나던 사다리

아시바를 잘라 용접으로 붙여 만든 사다리
오래되면 용접 부위가 떨어져 위험하던 사다리
쇠파이프에 목재를 대 목기시대와
철기시대가 어색하게 만나던 사다리
아무리 굵은 철사로 묶어놓아도
금세 능청맞게도 칸칸 간격이 달라지던 사다리
큰 공장 굴뚝에 아예 붙어 있던 사다리
겨울이 되면 손이 쩍쩍 달라붙던 사다리
허공에 철길처럼 평형으로 위태롭게 놓여 있어
매번 목숨을 내놓고 달달 떨며 건너야 하던 사다리

곰빵을 메고 올라야 하던 사다리

질통을 메고 올라야 하던 사다리

배관을 놓기 위해 올라야 하던 사다리

닥트를 하기 위해 올라야 하던 사다리

덴조를 하기 위해 올라야 하던 사다리

설비를 하기 위해 올라야 하던 사다리

구로공단 닭장촌에 있던 사다리

폭이 어깨너비도 안되는 직각 사다리를 타고

네모난 구멍 속으로 올라야 하던 판잣집 이층

그 방에서 다시 다락으로 오르던 사다리

닭장집 지붕마다 만들어놓은

스티로폼 상추밭 궤짝 고추밭 깨진 다라이 토마토밭으로

오르기 위해

집집마다 보초처럼 기대어놓던 사다리

어떤 건 늘씬하고 어떤 건 땅딸하던

제각각의 사다리

한순간에 와하며

공장 담벼락을 넘던 철 사다리

CC카메라탑 위 조그만 둥지로

구리스가 칠해진 한강다리 난간으로

까마득한 송전탑 위로

현란한 빛 쇼가 펼쳐지는 광고탑 위로

망루로 차벽 위로 기어오르던 필사의 사다리

그 아래에서 어디론가

까마득히 떨어지던 마음들

어디쯤 바늘구멍만큼 있다는

계급 상승의 사다리를 타보고 싶기도 했지만

이젠 모두 지난 일

우린 언제쯤 별을 더 잘 보기 위한

따사로운 햇볕에 좀더 가까이 가기 위한

예쁜 집을 손수 짓기 위한

탐스러운 감과 사과와 배를 따기 위한

맨 위 칸의 책을 꺼내기 위한

지붕에서 내려오지 못하고 있는 작은 고양이를 위한
좋은 사진을 찍기 위한
좋은 그림을 그리기 위한
그런 아름다운 사다리를 가져볼 수 있을까

국가, 결격사유서

결혼 십오년차 넘으니
모든 게 조금씩은 낡아간다
지지직거리는 TV
클리너마저 먹어버리는 비디오 헤드
가스레인지 손잡이는 떨어져나가
뺀찌로 물어야 겨우 돌아간다

그런데도 낡지 않는 것은 약속이다
검은 머리 파뿌리가 되도록 살겠다는 약속
거기, 우리 모두 부조를 놓고
갈비탕 한그릇씩 비우고 왔다는 약속
언제 오느냐는 전화 어디냐는 전화
아이는 찾았느냐는 전화 그랬다는 전화
들어온다 한 지가 언제냐는 전화
말없이 종료 버튼을 누르는 전화

그래도 파국만은 막아야 한다고
가끔은 공원에 나가 시키지도 않은

삼각동맹의 가족 증명사진을 확고하게 박으며
신고만 받고 AS는 단 한번도 안하는
저 국가에는 항의도 못해보면서
조금씩 조금씩 낡아간다

사적 유물론

한 선생이 말했다
당신은 공적인 삶에 과도하게 치우쳐
사적인 삶이 너무 없다고
그러면 죽는다고

자주 만나는 선배도 말했다
운동 이야기를 줄이고 사적 대화 비율을
최소한 칠십 퍼센트로 늘리라고
그러지 않으면 모든 관계가 말라 죽는다고

조근조근 사주를 봐주던 이는
당신은 나무로 태어났는데
사주에 물이 너무 없어
늘 목마른 생을 살아야 할 거라고 했다

사적 삶이라니, 관계론이나
역사적 정치적 생명을 들어
대들 기운조차 남아 있지 않은

어느 쓸쓸한 저녁

이기고 지는 것만이
무엇을 이루고 못 이루고만이
인생의 전부가 아님을 알게 되는
삶의 시간들

모자를 쓰고 싶었다

늦은 밤 원주터미널 노점
이만원짜리 등산화 하나 사 신고
모자점 앞을 기웃거린다
아끼는 모자를 가져본 적이 없다
브리지나 파마도 해보고 싶었지만
헝클어진 머리로만 살았다

처음 써본 모자들은 모두 좋지 않았다
군모처럼 반듯하기만 요구하던
중학 교모 고교 시절 교련모자
노동자가 되어서는 땀내투성이 안전모를
아무거나 주워 쓰고 다니거나
추위를 피해 눈코입만 나오는 해골모자를
레슬링 선수처럼 쓰고 다녔다

멋진 스포츠 모자를 쓰고
조깅이나 싸이클을 해보는 꿈
클로슈나 트래퍼 모자를 쓰고

먼 산까지 등산을 해보는 꿈
보터나 파나마처럼 챙이 파도처럼 흰 모자를 쓰고
어느 먼 바다 해안까지 나가보는 꿈도 꿔봤지만
다 아득한 이야기들

파업 현장 대체 투입된 레미콘 바퀴에 깔려
뇌수가 터져나온 김태환의 머리
포항 태화강변 경찰 소화기에 맞아 열린
용접공 하중근의 뒷머리
여의도공원에서 곤봉에 가격당한
농민 전용철 홍덕표의 머리
그런 이야기들에 짓눌린 무거운 머리

이제라도
바람에 휙 날려갈 수 있는 가벼운 모자를 하나
찡긋 윙크하며 깔깔깔 웃을 수 있는 즐거운 모자를 하나
한없이 건방져 보이거나 시크해 보이는 모자를 하나
언제라도 표표히 떠날 수 있는 유목민의 모자를 하나

갖고 싶은데…… 둘러봐도
내가 꼭 쓰고 싶은
그런 멋진 모자가 없다

그리운 하루
귀정사에서 보낸 겨울

오늘은 오전 내내 큰 뜰삽으로 함박눈밭을 뚫어 길을 내고
흰 눈모자를 쓰고 꽁꽁 언 채로 매달린 빨간 홍시에 욕심
이 들어
긴 대나무 하나를 쪄 광주리 한가득 홍시를 따고
연사흘 내린 눈발 걷히고 잠깐 든 햇발에 빨래를 해 널고
하루 세끼 꼬박 공양을 지어주시는 보살 할머니를 위해
공양간 지붕에 올라 지지직거리는 TV 안테나를 수선하고
헛간의 촉 나간 전구알을 갈아 끼우고
그러다 잠깐 내가 촉이 나갔다가
까무룩 깨어나니 저녁이었다

그렇게 하루가 가는 게 아까워 방에 들지 못하고
눈 속에 파묻힌 의자를 요사채 처마 밑에 두고 앉아
야윈 가지마다 흰 눈송이를 얹고 검게 선 나무들에게
그렇게 눈비 맞으며 평생을 한자리에만 서 있으면 외롭
지 않니? 하고 말을 걸어보다
오늘은 정말 달도 별도 바람 소리도 없네 혼잣말해보다
며칠 전 초승달을 봤으니 지금쯤은 송편만 하게는 커졌

겠지

보름달이 되면 조금은 훤할 텐데 뜻도 없이 생각하다

이 추운 겨울날 평택 쌍용자동차 송전탑에 오른 문기주
와 한상균과 복기성을 위해

울산 현대자동차 송전탑에 오른 최병승과 천의봉을 위해

아산 유성기업 진입로 고가에 매달린 홍종인을 위해

전주 시내 철탑에 올라간 전북고속의 정홍근과 김재주를
위해

피어린 시라도 한편 써야 할 텐데 한숨짓다

해는 져 어두운 밤 잠 못 이루고

뭔 말인지 모를 『생철학』을 뒤적이다

차라리 쉬운 『임제록』을 뒤적이다

내 주제는 아무래도 깨우침보다는 반성이 필요하지 『에
코페미니즘』을 뒤적이다

내겐 이제 글 쓰는 일밖에 남은 건 아닌지 조지 오웰의
『나는 왜 쓰는가』를 뒤적이다

그래도 구체를 놓치면 안되지 싶어 『미국처럼 미쳐가는

세계』를 뒤적이다
　　깜빡, 수도관 동파를 막기 위해
　　세면장에 켜둔 히터가 과열됐다 싶어
　　내복 바람으로 후다닥 뛰어가 끄고 오다
　　먼 달빛 한번 쳐다보다
　　다시는 오지 않을
　　그리운 하루가 간다는 생각

제3부

진술을 거부하겠습니다

4차 소환장까지 받고도 안 오면
체포영장 발부한다기에
마지못해 찾아간 남대문경찰서
"총 네건, 묵비하실 거죠?"
"예!"

무심코 훔쳐본
수사관 책상 다이어리
칸칸이 소환 날짜 적힌 이름 일곱이
모두 아는 친구들
열심히 살아오긴 했는가보구나
심지어 거기 적힌 친구 이름을 물어본다
"○○씨랑은 어떤 관계죠?"
"진술하지 않겠습니다"
나의 청춘을
나의 거리를
나의 고뇌를
결코 말하지 않겠습니다

공교롭다고나 할까
반쯤 열린 조사실 사층 창문으로
반성도 없이
여러건 공범인 인권운동사랑방 명숙이
퀴어축제 집회 신고 금지에 항의해
정문에서 마이크 잡고 내지르는 소리도
카랑카랑하게 들린다
사는 게 모두 꿈결 같다

"이상, 진술한 내용이 모두 사실인가요?"
"예!"
"마지막으로 하고 싶은 말이 있나요?"
"없습니다"
"지문 날인도 거부하실 건가요?"
"예!"
더이상 이 모욕적인 세상에 대해
말하고 싶지 않습니다

교조

나는 이제 당신에게
내가 느낀 그 어떤 것도
솔직하게 말하고 싶지 않아요
문득문득 나도 양지가 그리웠다는 이야기를
간혹 엉망으로 무너지고 싶을 때 많았다는 이야기를
당신에게 해주기 싫어요
당신이 얼마나 깨끗한 영혼인지 증명하기 위해
내가 얼마나 병든 영혼인지를 내보이고 싶지 않아요
모든 게 다 이해되고
모든 게 다 해석되는 당신에게
그 무엇도 모르겠는 이 답답함을
더는 상의하고 싶지 않아요
그 모든 고백이 당신 가슴께로 가지 않고
차디찬 머리로 갈 거니까요
당신은 친구의 말을
진술로 받아들이죠
친구의 눈물을
혐의로 받아들이죠

당신은 하나의 틀만 가지고 있는데
내 열망과 상처는 수천만갈래여서
이제 당신에게 다가갈 수 없군요

관료

그는 부지런하고 성실하다
이른 아침에 출근하고
늦은 밤까지 남아 고독하게 야근을 한다
그는 자신이 언제든지 미련 없이
떠날 수 있는 사람임을 강조한다

명민한 그는 터무니없이
꿈을 꾸는 사람들을 경계한다
선동적 발언을 경멸하고
매섭게 실사구시의 메스를 대는 현실주의자
예의 없는 동지를 참지 못하고
학습하지 않는 무지를 참지 못한다
그는 제 나름대로 동맥경화에 걸린
조직의 혈로를 뚫기 위해 최선을 다한다
그는 때로 잠자는 조직을 깨우는 스위치고
느슨한 곳을 조이는 힘겨운 스패너다
그를 위한다면 썩은 조직도 용서가 된다

그런 우리 동지께서는 오래
운동 상충에 있었다 옳은 그에 부딪혀
불순한 언동들이 거세된다 바른 그에 막혀
한없이 비뚤어진 현장의 소리들이 잘린다
역사적 관점으로 무장한 그의 정연한 논리 앞에서
아무것도 모르는 사람들의
즉자적인 분노가 잠재워진다
정세도 모르는 조급함들이 차분하게 다스려진다
조직의 지침과 규율을 따르지 않는
비조직적인 것들의 분출이 거세된다

모든 조악한 것을
매끄러운 것으로 윤택한 것으로
예의 있는 것으로 순차적인 것으로
조직적인 것으로 교도하고 관리하는
그가 진정한 우리 시대의 관료다

초침처럼 정확하고 반듯한

그를 제대로 알기까지
참 오랜 시간이 필요했다
거리와 광장으로 나아가려면
이제, 그를 먼저 설득해야 한다

먼저 가는 것들은 없다

몇번이나 세월에게 속아보니
요령이 생긴다 내가 너무
오래 산 계절이라 생각될 때
그때가 가장 여린 초록
바늘귀만 한 출구도 안 보인다고
포기하고 싶을 때, 매번 등 뒤에
다른 광야의 세계가 다가와 있었다

두번 다시는 속지 말자
그만 생을 꺾어버리고 싶을 때
그때가 가장 아름답게 피어나보라는
여름의 시간 기회의 시간
사랑은 한번도 늦은 채 오지 않고
단 하루가 남았더라도
우린 다시 진실해질 수 있다

변혁을 위한 비빔밥

밤늦게 일을 하다
가끔 혼자 한잔할 때가 있다
이때쯤이면 한참 출출해져
밥이 안주일 때가 있다
오늘은 반찬이 부실해
시금치와 묵은 김치만을 비벼 먹는데
그 맛이 꿀맛이다
아, 이런 맛을 평생 몰랐구나

그러다 곰곰 내내 읽던
한국 사회 변혁 논쟁을 떠올려본다
엔엘과 피디도 만나
이렇게 제맛 잃지 않으면서도
어우러져 단맛을 낼 수 있을까
혁명은 용광로라 했는데
우린 왜 서로 비벼져
새로운 존재로 태어나기를 두려워하는 것일까

우린 죽어도 함께 비벼질 수 없다는 건
아직 배부른 이들의 욕심일 뿐
배고픈 이들의 처지로 보면
안될 것도 없는 일
엔엘도 피디도 무엇도 모두 넣고 휘휘 비벼
진정으로 평범한 이들에게 피가 되고 뼈가 될
변혁의 비빔밥 하나
다시 만들어보면 어떤가

생각하니
나부터 조금은 더 허기지고
간절해져야겠다는
든든한 생각

법외 인간들을 찬양함

희한한 세상, 모두 기를 쓰고
법 내로 들어가겠다는데
국가가 나서서 모두를 법외에서 살라 한다
오늘도 시청광장, 불법선거를 바로잡자는
국정원 규탄 촛불의 메아리가 법외로 내몰리고
강정에서 밀양에서 질서유지선 밖으로
내몰리는 이들 신음 소리가 들린다

해고자 아홉명을 핑계로
육만 전교조 교사들이 법외로 내몰리고
자유게시판 글을 핑계로
십만 공무원들이 법외로 내몰릴 처지
일부의 회합을 빌미로
이십년 합법 정당도 법외로 퇴출
IMF조약 밖으로 내몰린 농민들
거리정화법 밖으로 내몰려
가로수에 목을 매단 노점상
뉴타운법 밖으로 쫓겨난 망루 위에서

화형당한 철거민들도 있었다
공기업을 끝내 사유지로 내몰려는
철도가스의료 민영화법
대법원 판결도 소용없는 콜트-콜텍, 현대자동차 비정규직
국회에서 맺은 사회적 합의서도 무용지물인
쌍용자동차 한진중공업 기륭전자
이년마다 법외로 내몰리는 천만 비정규직 시대
목숨을 반납하고서야 벗어날 수 있는
법외 인생들의 천국

도대체 그 법 안에는 지금 누가 살까
모두를 법외로 밀고 그 법 안에서
오늘 안전한 자는, 오늘 행복한 자는
오늘 웃는 자는 누구일까
잘됐다 다시는 저 비좁은 법 내로
들어가지 말자 저 소수의 가당찮은 법 내로
기를 쓰고 들어가려 하지 말자
법외에 다른 세상을 만들자

이 위대한 국가가
오늘 기를 쓰고 밀어내는 것이
우리가 그토록 기다려왔던
내일임을 고마워하자

우리 모두가 세월호였다

돌려 말하지 마라
온 사회가 세월호였다
자본과 권력은 이미 우리의 모든 삶에서
평형수를 덜어냈다 정규직 일자리를 덜어내고
비정규직이라는 불안정성을 주입했다
사회의 모든 곳에서 '안전'의 자리를 덜어내고
그곳에 '무한이윤'이라는 탐욕을 채워넣었다
이런 자본의 재해 속에서 오늘도 하루 일곱명씩
산재라는 이름으로 착실히 침몰하고
생계 비관이라는 이름으로 수많은
노동자 민중들이 알아서 좌초해가야 했다

이 참혹한 세월의 너른 갑판 위에서
자본만이 무한히 안전하고 배부른 세상이었다
그들의 이윤을 위한 구조변경은
언제나 법으로 보장되었다 돈이 되지 않는
모든 안전의 업무 평화의 업무
평등의 업무는 외주화되었다 경영상의 위기 시

선장인 자본가들의 탈출은 늘 합법이었지만
함께 살자는 노동자들의 구조신호는
불법으로 매도되고 탄압당했다
위험은 아래로 아래로만 전가되었다
그 잔혹한 생존의 난바다 속에서
사람들의 생목숨이 수장당했다

그런데도 가만히 있으라고 한다
돌려 말하지 마라
이 구조 전체가 단죄받아야 한다
사회 전체 구조가 바뀌어야 한다
이 처참한 세월호에서 다시 그들만 탈출하려는
대한민국의 선장과 선원들을 바꾸어야 한다
우리 모두가 이 위험한 세월호의
선장으로 기관장으로
갑판원으로 조타수로 나서야 한다
이 시대 마지막 남은 평형수로 에어포켓으로
다이빙벨로 긴급히 나서야 한다

이 세월호의 항로를 바꾸어야 한다
이 자본의 항로를 바꾸어야 한다

1%에 맞선 99%들

그리스에서 노점을 하던
열다섯살 알렉산드로스가
경찰이 쏜 탄환에 맞아 숨졌다
붉은 꽃이 그리스 전역에서 피어올랐다

이집트 타흐리르 광장
아흐메드 하라라는 1월 29일이 적힌
안대를 하고 다닌다
한쪽 눈을 잃은 날이다
이제 그는 다른 쪽 눈에도 안대를 하고 앉아 있다
마저 눈을 잃은 11월 20일이 적혀 있다

실업의 광풍이 불어닥친
스페인 마드리드의 스물여덟살 다비드는
유럽의 기업 200군데에
메일로 이력서를 보냈고
한국의 베트남 이주여성 A씨는 귀화심사 때
애국가 2절을 부르지 못해 떨어졌다

다국적 금융자본의 심장인
미국 월스트리트에서 1%에 맞선 99%의
점거 운동이 일어났고
전세계 80개국 1,500개 도시에서
국제공동행동이 조직되었다

목과 다리를 다친 채로
한국의 감옥에 갇혀 있고
아무도 만나지 못하는 독방이지만
왠지 혼자만 사는 것 같지 않다

나비효과

미군이 이라크 침공을 시작한 후
드디어 이라크가 보유했다는
생화학무기의 실체가 밝혀졌다 그것은
미군이 사용한 방사능 열화우라늄탄보다
몇천배 강력했다 죽어가는 아이
죽어가는 엄마 아빠라는
치명적인 생화학물질, 거리로 뛰쳐나온
전세계 반전평화의 물결이 그 핵을
실어 나르는 유도미사일이 되었다 못 찾을밖에
그 무기들은 이라크에 있지 않았다
후세인의 사주를 받지도 않았다 그것은
미국의 심장부 뉴욕 맨해튼 거리에 있었고
파병을 결정하는 대한민국 국회 앞 잔디밭에 있었고
동료를 향해 수류탄을 던진
미군 병사의 가슴속에도 있었다

그 무기들은 말할 수 없이 나약한
재래식 폭발에 의존했지만

팔딱이는 인간의 심장을 뇌관으로 썼기에
어떤 핵우산보다 거대하게
인간의 대지를 덮었다 어떤 것도 해치지 않으면서
엄마라는, 아빠라는, 아이라는 말 한마디로
세계인의 귀를 찢고 머리를 깨고
가슴을 파열시켰다 전쟁은 끝났지만 아직도 미군은
이라크가 보유했다는 생화학무기를 찾지 못했다
어떤 최첨단 레이더 정보위성도
인간의 존엄을 향해 스스로 증식해가는
이 가공할 생명들의 행방을 모두
찾을 수는 없을 것이다 제국주의가
포탄으로 이룬 세계화를
우린 사랑과 연민이라는
아주 오래된 재래식 무기로 이룰 것이다

나는 한국인이 아니다

2014년 1월 2일
캄보디아 프놈펜 남서쪽 카나디아 공단
한국계 기업 '약진통상' 정문 앞
봉제노동자 백여명이 임금 인상을 요구하며
즐겁게 춤을 추고 있었다
최저임금을 올려달라고 127개 공장이 파업 중이었다

공단 내 다른 한국 기업인
'인터내셔널 패션로얄' 노동자 피룬도 춤을 추고 있었다
하루 평균 열시간 일하며
부자를 위해 비싼 옷을 만든다는 피룬의
월수입은 130달러, 한화로 14만원
한시간 잔업수당 50센트 의료수당 5달러
아침 7시 출근을 한번이라도 어기면 나오지 않는
보너스 5달러 교통비 5달러를 포함해서다

"나도 '꿈'이란 것을 가져보고 싶다"
서른한살 여공 파비도

댄싱 파업에 참가한 까닭이었다
네댓명이 함께 사는 쪽방 월세가 40달러
식비 60달러 십년을 일했지만 남은 건 200달러 빚뿐
그것도 육개월에서 일년 단위 비정규직
지난 이년 동안 카나디아 공단에서
영양실조로 작업 중 쓰러진 봉제노동자 4,000명

춤추는 노동자를 향해
트럭 열대에 나눠 타고 온 헌병들이
곤봉을 휘두르기 시작한 건 오후 3시 30분
약진통상 공장 부지를 나눠 쓰는 911 공수부대원들도
쪽문을 열고 나왔다 911부대 차프소른 소장은
약진통상 지분을 가지고 있다
울부짖는 소리 끌려가는 소리가
이튿날 새벽 3시까지 이어졌다

다음 날 분노한 카나디아 공단 노동자 만명이
오전부터 거리를 가득 메웠다. 아침 8시

내무부를 향한 시위대가 이백 미터쯤 전진했을 때
총소리가 나기 시작했다 다섯명이 죽고
삼십여명이 부상을 당했다 피룬의 오른쪽 다리에도
총알이 박혔다 가까운 병원으로 실려갔지만
의사는 없고 간호사들은 치료하지 못한다고 했다
그 시각, 시위와 관계없이 병원을 찾은 한 여성도
심폐소생술이 필요했으나 거부당했다 이 여성은
되돌아가는 길에 숨졌다 단층집 옥상에서
시위를 구경하던 폭은 왼쪽과 오른쪽 발목
오른쪽 허벅지에 총상을 입었다 오토바이택시 기사 세
론은
손님을 기다리던 중에 총을 맞았다 생선을 사서
집으로 돌아가던 임산부도 총을 맞았다 분노한 노동자
들이
병원을 향해 돌을 투척하기 시작했다

캄보디아 주재 한국 대사관은
유혈사태 전 '긴급 서한'을 통해

"정체불명 아웃사이더들의 불법 행동"에 대한 단호한 대처가 없을 시

"캄보디아 내 한국 투자에 대한 부정적인 효과가 우려된다"고

캄보디아 정부와 정치권의 강력한 개입을 요청했다

캄보디아에서 2012년 기준 한국은 중국을 제치고

캄보디아 투자국 1위 한국 대사관이 1월 6일

공식 페이스북에 올린 '치안안전정보' 안내문에 따르면

"현지 수경사령부와도 접촉해 필요한 조치를 취했다"

"캄보디아 국가대테러위원장과 접촉하고 내무부 · 법무부 · 경찰청 등 정부 주요 기관에

우리 기업의 안전과 피해를 막아달라는 취지의 협조 공문을 발송했다"

이렇게 캄보디아 정부를 재빨리 설득해

"금번 상황을 심각히 고려하고 신속히 대처하는 계기를 마련"한 것이

자신들 공이라고 자평했다 캄보디아 군 병력이

특별 보호조치를 취한 공장 건물은

한국 공장이 유일하다고 자랑하기도 했다
한국 정부는 진압에 앞장선 훈센 총리의
'총리 경호부대'와 '70여단'의 공개적인 후원국
이명박 전 대통령은 재임 훈센 총리의
경제 자문위원이었다 2011년 총리 경호부대가
2,800만 달러 기갑 장비를 도입할 때도
한국 정부가 지원했다 60여개 업체가 모인 한국봉제협회는
사태 후 좀더 발빠르게 움직였다
캄보디아 의류생산자연합회를 움직여
통합야당 대표 삼랭시와 8개 노조를 상대로
거액의 손해배상 소송에 들어갔다

비슷한 때인 2014년 1월 9일
방글라데시 남부 치타공에 위치한 '영원무역' 해외 공장
최저임금이 인상되자 다른 수당들을 삭감해
도리어 전체 임금을 깎은 사측에 분노해
노동자들이 돌발 시위에 나섰다 영원무역은

방글라데시에 공장 열일곱개를 소유한 대기업
월급날인 그날, 경찰 발포로
갓 스무살 여성 노동자 파르빈 악타르가 죽고
십수명이 다쳤다 작년 말에 올랐다는
최저임금은 5,300타카, 한화로 7만원
오르기 전엔 4만원이었다 영원무역에서는
2011년 4월에도 경찰 발포로 세명이 죽고
250명이 부상당하는 참사가 일어났다
방글라데시에선 2013년 4월
닭장 같은 한 봉제공장 건물이 붕괴해
노동자 1,235명이 압사당하기도 했다
방글라데시에서 파르빈 악타르가 죽은 날
새벽 6시 50분, 베트남 북부 타이응우옌성 옌빈
삼성전자 공장 신축현장에선
작업시간에 늦어 출입구를 뛰어넘는 한 노동자를
삼성보안서비스 용역들이 구타하고 전자충격봉으로 기
절시켜
베트남 건설노동자 4,000명이 '폭동'을 일으킨

대규모 유혈사태가 일어났다 베트남 노동자들
최저임금은 12만원이었다

약진통상은,
캄보디아와 베트남과 인도네시아에 공장을 두었다
서울 송파구에 작은 본사를 두고
다국적 노동자 23,000명을 고용하고 있다
바나나리퍼블릭, 갭, 올드네이비 등
유명 브랜드 의류를 주문생산한다

영원무역은,
방글라데시와 중국 베트남 엘살바도르에 공장을 두었다
본사 한국인 직원은 448명이고
현지 고용인은 52,530명이다
노스페이스를 생산하고 나이키 등을 주문생산한다

삼성은,
도대체 얼마나 많은 해외 공장에서

얼마나 많은 노동자를 고용하고 있는지
알 수조차 없다

수술을 두번 남겨둔 피룬은
당분간 춤을 출 수도
미싱을 밟을 수도 없다
그날 이후 피룬의 병실을 방문한 한국인은
취재진 몇명 말고는 없었다

한국의 수출자유무역공단에서
이십여년 노동운동 주변을 기웃거리며 살아온
나는 도대체 누구일까?
사양산업이 도산해가는 것은 어쩔 수 없는 일 아니냐고
도산, 폐업, 해외 이전하는 봉제공장 전자공장 노동자들
곁에서
십수년 '빠이빠이' 눈물바람이나 하며 살아온
나는 도대체 누구일까?
중국으로 공장을 이전한 기륭전자 여성 노동자를

직접고용 정규직화하고 생산라인을 다시 돌리라고 싸워온

나는 도대체 누구일까?

중국과 인도네시아로 공장을 이전하며 위장폐업한

기타 만드는 콜트-콜텍 노동자들 복직을 요구하는

나는 도대체 누구일까?

필리핀 수비크에 2조원을 들여 조선소를 세우고 비정규직 2만명을 고용한

한진중공업 조남호 회장에게 맞서 싸우던

나는 도대체 누구일까?

모든 게 경영상의 위기로 인한 정당한 정리해고이며 비정규직화라고

나아가 이젠 미래에 올 경영상의 위기로도 해고가 가능해야 한다고

오늘도 열심히 방망이를 두드리는 법 앞에서

속수무책 망연자실하는

나는 도대체 누구일까?

정규직 자녀 우선채용에 합의하는
'대공장 민주노조'를 위해
비정규직 확산과 우선해고에 눈감는
'대공장 민주노조'를 위해
이젠 해외여행깨나 다니는
공공부문 정규직 노동자들 고용안정을 위해
한국 사회 중산층의 다수를 이루는
'민주노총 정규직 조합원'들을 위해 힘써 살아온
나는 도대체 누구일까?
5·18 광주 학살에 분개해 해마다 망월동을 찾는
해마다 전태일 열사 기일에 맞춰 전국노동자대회를 찾는
용산 철거민 학살을 오늘도 잊을 수 없는
나는 도대체 누구일까?
1985년 구로동맹파업 기념사업일을 맡아 하고
가끔 구로공단 산업화 관련 인터뷰에 응하기도 하는
나는 도대체 누구일까?
다시 이주노동자 밀집지역이 된 이곳에서
싼 전세 탓에 오도 가도 못하고 사는

나는 도대체 누구일까?
전세계 부자 85명이
세계 인구 절반과 동일한 부를 소유한 이 지구별에서
나는 도대체 누구일까?

나는 한국인이다
아니 나는 한국인이 아니다
나는 송경동이다
아니 나는 송경동이 아니다
나는 피룬이며 파비며 폭이며 세론이며
파르빈 악타르다
수없이 많은 이름이며
수없이 많은 무지이며 아픔이며 고통이며 절망이며
치욕이며 구경이며 기다림이며 월담이며
다시 쓰러짐이며 다시 일어섬이며
국경을 넘어선 폭동이며 연대이며
투쟁이며 항쟁이다

※ 수많은 사람들의 희생과 투쟁에도 불구하고 왜 우리 사회의 변화는 이렇게 더딘 것일까라는 답답함에 시달릴 때. 작은 패권, 작은 조합주의, 작은 당파성, 작은 민족주의, 작은 국가주의에 물들어 희망이 보이지 않는 우리 사회에 절망하던 때 캄보디아 유혈 사태를 접하고 관련 내용을 찾아보게 되었다.

〔인용 및 참조〕

구정은 「한국공장 입주 캄보디아 공단 시위 '유혈진압'」, 경향신문 2013.1.3.

주영재·윤승민 「캄보디아 한국 업체들 "노조 상대 손배소 추진"」, 경향신문 2014.1.5.

정은희 「방글라데시, 한국 영원무역 공단 노동자 시위에 발포」, 참세상 2014.1.10.

이재욱 「무차별 총격에 사람들 피 흘리며 비명… 나도 3발 총상」, 한겨레 2014.1.15.

이유경 「기업의 앙탈에 총알이 발사되었다」, 『한겨레21』 2014.1.27.

이강국 「당신이 입는 그 옷」, 한겨레 2014.2.2.

인터넷 사이트 '크메르의 세계' http://cafe.daum.net/khmer-nomad

제4부

문장강화

트럭을 아랫말에 세워두고
어두운 눈길 오리를 헤쳐 올라온 옆방 사내는

오늘도 날일로 하우스 아치 세우는 일 마치고 돌아와
아랫목에 언 몸을 젖은 김 굽듯 뒤집으며 끙끙 앓는 옆방
사내는

며칠 전엔 고구마밭에 숨은 붉은 말들을 캐내고
배추밭에 남겨둔 얼갈이 말들도 마저 솎아낸 옆방 사내는

콩대를 탈탈 털어 한해의 마침표들을 찍고
하루는 볕에 덜 익은 고추표들을 바짝 널어 말린 옆방 사
내는

쉴 틈이면 처마 아래 줄줄이 곶감 문단을 걸고
일 없으면 뒷마당 빨랫줄에 장문의 무시래기를 널던 옆
방 사내는

그렇게 날마다 세상의 빈칸 하나씩을 야무지게 쓰고 들어와

밤마다 앓는 소리를 내며 자는 옆방 사내는

얼마나 단단한 문장인지

얼마나 싱싱하고 유려한 문체인지

저작권

한국저작권위원회에서
저작권 관련 글을 한편 써달라는데
나는 누구의 삶을 팔아 그동안 얼마를 챙긴 것일까
가사와 육아를 전담해온
아내의 저작권은 몇 퍼센트일까

신인 때는 고료마저도 사치
청탁 한번 더 받아보는 게 소원이었는데
어느덧 나는 자꾸 비굴한 노년을 위해
넉넉한 생활을 위해
짭짤한 저작권을 꿈꾸지는 않는가

'그'를 저작권으로 바라보지는 않았는가
누군가의 비참과 울분을
확실한 저작권의 계기로 상상하지는 않았는가
내가 왜 저 꽃의 저작권을 탐해야 하는지
내가 왜 저 흙의 저작권을 탐해야 하는지

내 삶의 저작권도
실상은 내게 있지 않다

자유권

오늘부터 내 돈은 단풍나무 잎
노란 잎은 만원, 빨간 잎은 오천원
아직 퍼런 멍이 남아 있는 것은
천원권이라고 하자

생각하니, 사람들이 나무를 베어 종이를 만들고
가장 윤나는 종이에 '돈'을 찍는 마음을 알 것도 같고
모든 빛나는 것에 높은 가격표를 붙이곤
온몸에 치렁치렁 매다는 허구를 알 것도 같고

지금까지 세상이 준
햇빛 달빛 꽃잎 새순…… 이 모두가
내가 이 땅에 나고 힘써 일하며
아낌없이 받은 노임이라 생각하면
가진 것 없는 마음도 가을녘처럼 넓어져

나도 귀한 생명의 화폐 한장이 되어
당신께로 갈 용기가 생긴다

빈자리

비는 종일 처연히 내리고
뒤풀이가 한창인 1박 2일 농성 텐트
어디에도 앉을 곳이 없다

여기저기에서 이쪽으로 오라고
여기 빈자리가 있다고 하는데
오늘따라 어디에도 앉고 싶지가 않다

저기는 분신한 자리
저기는 손목을 그은 자리
저기는 얼마 전까지 굶은 자리
저기는 두번이나 고공에 오른 자리
저기는 다시 끌려갔다 온 자리

형광등을 밝게 매달아놨지만
어느 곳 하나 밝은 곳이 없다
어두운 내 가슴속에도
내가 앉을 자리가 없다

명경

나는 내 얼굴이 저 목수의 대팻날에 깎여
조금은 각지고 깡말랐으면 좋겠다
손아귀에 골라낼 수 없는 옹이들이 여기저기 박이고
검붉은 장딴지에 큰 고구마알 하나씩
치켜 올라가 있으면 좋겠다

그런 내 머릿속이 고달픈 상념들이 아닌
구체적인 물질들로 우글거렸으면 좋겠다
퍼주고 퍼줘도 또 퍼줄 것 남아
길가엔 들꽃도 수백만송이 피워놓은
저 땅처럼 환했으면 좋겠다

모두가 떠나간 폐교

떠나며 그는 날 깨우지 않았다

늦가을 비가 지나간 오후
관사 앞 나무 거미줄에
칸칸이 맺힌 작은 은구슬들

무료해 자꾸 오리 머리를 무는 개
나쁜 새끼, 입으로 무는 놈이 제일 더러운 놈이라고
엉덩이를 차주었다

사흘째 건너편 산허리에 걸려
가지 못하는 물안개

깨어나면 아무도 없겠지만
그건 누구나 마찬가지다

단풍나무에서 또 하나의 씨가
떨어지는 소리를 들었다

연인들

새파랄 때 수년 동안
껴안고 뒹굴던 것은
산소통과 LPG통이었다

난 그이들을 안고 메고
침침한 지하나 밀폐된 관 속
까마득한 고공으로 데려가보기도 했다
발로 걷어차보고
같이 떨어져 죽자고
계단에서 뒹굴어보기도 했다

믿었던 마음에
발등이라도 찍힐 때면
함마로 한대 딱 내리쳤으면 좋겠다 싶었지만
꼭지가 돌거나 한번 폭발하면
대책 없음을 알기에
살살살 달래던

쇠라도 먹을 것처럼
혈기 왕성한
모든 노동엔 야릇한 중독이 있음을
조금씩 알아가던 때였다

국보

기륭전자 비정규직 김소연이
투쟁하는 노동자 대통령 후보로
출마했을 때, 돕지도 못하고
어느 깊은 산속에서 쉬고 있었다

나도 오죽 힘들면 이 산골에 처박혀 있겠느냐고
오후 5시 반만 넘으면 한치 앞이 보이지 않는 캄캄한 밤
이라고
봐달라고 말하자, 젊은 시절 내내 국보(國保)로만 살아온
문재훈이 말했다 당신은 당신 앞의 밤만 캄캄하지
우리는 정치사상적으로 한치 앞도 보이지 않는 전쟁을
치르고 있다고
당신은 그게 문제라고

사실 여부를 떠나
여기저기 가보고 싶은 곳이 많은 나와 다르게
늘 그렇게 '정치사상적으로 앞뒤가 꽉 막힌'
그가 좋아, 오랜만에 껄껄껄 웃으며

그 말은 맞는 것 같다고 했다

가리봉 공구점

오랜만에 가리봉시장
공구 좌판에서 옛 친구들을 만난다

줄자처럼 가늠하기 좋아하던
망치처럼 때려박기 좋아하던
만사를 끝까지 돋보기처럼 캐던
모난 의견들 수평으로 꿰뚫던
요점을 드릴처럼 잘 맞추던
친구들 어우러져 낡은 이 골목에서
노동운동을 한다고 복닥거렸지

낱낱이 다르다고 느꼈던 우리가
사실은 한 리어카 거리밖에 안되는
저 착한 공구들 한묶음은 아니었을까
무슨 거창한 것을 떠메고 가는
고행길이라 생각했는데
이젠 우릴 대신해 이 골목길에
옹기종기 모여 장기를 두는

저 조선족 이주노동자들의 소박한 말판처럼
작은 일들이었는지도 모른다는 생각

진즉 소식 끊긴 인봉이 형
지금도 제관일 다닌다는 경규 형
여전히 씽크대일 하는 보열이 형
모두 모두 잘 지내길

한참을 보고 있으니
좌판 사내가 어떤 게 필요하냐고 묻는다
예전엔 과학과 철학과 신념과 조직노선과 이론 등
필요한 게 참 많았던 것 같은데
이 서늘한 마음은
어떤 공구로 조여야 하는지
잘 모르겠다

내가 앉아 있어야 할 자리

황학동 벼룩시장
거리 좌판, 만물상

누군가의 마지막 눈이었을 돋보기
더는 나올 게 없었을 주판알
주파수를 잃어버린 라디오
현을 타던 이의 머리칼도 허옇게 쇠었을 바이올린
우두커니
펄펄 끓던 시간을 잊고 녹슬어가는 주전자

그 고양이들은 모두 어디로 갔을까

어느날 집 골목에
주먹만 한 새끼 고양이들이 나타났다
음식물 쓰레기봉투를 찢어발기다
쪼르르, 부동산집 지하방 창틀에
어미 한마리와 새끼 세마리가 둥지를 틀었다

그렇게 옹색한 둥지를 튼 게
그 고양이들만이 아니라
내가 사는 집만 해도 지하에서 삼층 옥탑까지 아홉가구가
모두 먼 나라에서 온 이주노동자들이어서
그렇게 먹이를 찾아 어슬렁거리는 게 그 고양이들만이
아니라
손수레를 끌고 폐지를 주우러 다니는 저 독거노인도
길바닥 담배꽁초를 얼른 줍는 저 추리닝 바람 사내도
잊을 만하면 확성기를 들고 나타나
타이어 거죽처럼 질긴 폐닭을
영계라고 속여 파는 저 봉고트럭 사내도
그렇게 맛 간 생선 맛 간 채소 맛 간 과일을 팔러 오는 저

트럭 사내들도

　이 퇴락한 가리봉 골목을 어슬렁거리며

　약간의 양식을 주워 먹고 사는 것은 다 마찬가지여서

　먹을 거라도 좀 갖다 줘야 하지 않겠느냐는

　아내와 아이 말을 자르고 말았는데

　그렇게 사는 게 저 고양이들만이 아니라

　이 땅에서 나고 자랐지만 결국 이방인으로

　방 한칸 없이 평생을 월세로 전세로 쫓겨다니는

　우리 처지가 저와 같은 걸

　이 공장 저 공장에서 쫓겨나

　정리해고자 실업자 비정규직 노숙자로 길거리를 헤매는

　우리 처지가 저와 같은 걸

　누가 누구를 연민하느냐고 무지르고 말았는데

　삶에 대한 이런저런 걱정으로

　꼬박 새운 새벽, 여느 날처럼

　일용일 나가는 사람들 발소리가 바쁘고

　일찍부터 칭얼대는 새끼 고양이들 울음소리가

그래도 다시 살아봐야지 마음을 다잡게 하는
어린아이 울음소리처럼 들린다
세상 모든 어린 생명은 먼저 살리고 봐야지
어린것들이니 우유를 줘야겠다 싶어
일 리터짜리 우유를 들고 나가
플라스틱 통 가득 따라주고 왔는데
이제나 조금 먹었나
저제나 조금 먹었나
희뿌연히 동틀 무렵까지
자꾸 나가 기웃거리게 되는 것이다

스모키 마운틴

계곡 따라 오르는데
야생 밤나무에서 떨어진 밤이 지천이다
지금도 세계인 팔억 오천만명이 기아 상태라는데
칠초마다 어린이 한명이 굶어 죽어간다는데
영양실조로 매년 칠백만명이 시력을 잃는다는데
아까워, 밤을 줍는다

한알은 소말리아 난민 캠프에서 가쁜 숨을 몰아쉬던 한 아이를 위해. 한알은 내전으로 이백만명이 죽어간 수단 황무지에서 풀뿌리를 캐던 한 아이를 위해. 한알은 필리핀 수도 마닐라, 오늘도 쓰레기 더미가 산처럼 쌓인 스모키 마운틴을 뒤질 빈민촌 한 어미를 위해. 한알은 누더기 천에 거미처럼 배만 불룩한 아들을 안고 와 살려달라던 에티오피아 구호촌 한 아비를 위해. 한알은 미국 캘리포니아 주 소들이 먹는 옥수수 양만 있어도 기아에서 놓여날 수 있다는 잠비아 아이들을 위해. 한알은 지금도 프랑스 직물공장으로 보낼 면화 농사를 지으면서, 영국 초콜릿공장을 위한 카카오 농사를 지으면서, 서구 설탕산업을 위한 사탕수수와

차와 땅콩 농사를 지으면서, 정작 자신들은 굶주리고 있는
차드와 가나와 탄자니아와 부룬디와 르완다와 자메이카와
브라질과 세네갈의 농부들과 그 자식들을 위해. 한알은 멀
리 갈 필요 없이 저 북녘에서 성장이 지체된 아이들을 위
해. 한알은 15세 이하 모든 아이들에게 하루 0.5리터의 분유
를 무상배급하려다 1973년 쿠데타로 피살된 칠레의 아옌데
를 위해. 한알은 스스로 권리를 지키라고 토지소유 증서와
소총 한정씩을 무산계급에게 나눠주다 1982년 미군에 의해
죽은 니카라과 산티니스타 민족해방전선 동지들을 위해.
한알은 아프리카 무산계급의 희망으로 살다 1987년 살해된
부르키나파소의 젊은 혁명가 토마스 상카라와 그의 동료들
을 위해……

한톨 한톨 밤을 줍는다
초근목피 채집을 다니지 않아도 좋을 나라에 살아서
이젠 힘써 일하지 않고도 최소한 먹고는 살게 된
내가 다행이라고 해야 할까
세계 자본가 225명의 총자산이

전세계 가난한 자 25억명의 연간수입보다 많아졌다는데
세계 100대 재벌 각각의 매출이
가난한 나라 120개국 수출 총액보다 많아졌다는데
한해에 오가는 투기금융자본 양이
전세계에서 생산되는 재화와 서비스 가치보다 63배나 많
아졌다는데
군이 채집에 나서지 않아도, 전 세계인이
먹고 남을 양의 곡식이 생산된다는데

나는 역사의 어디쯤에서 길을 잃고
산 계곡을 혼자 헤매나
서산에 해는 지는데
밤을 줍는다
어딘가에 흘려버리고 온 나를 줍는다
다시 나를 수그린다

제5부

공장은 무덤을 생산한다

GM 인천공장 작업장에서
한사람이 또 목을 맸다
얼마 전엔 평택 쌍용자동차 공장에서
스물네번째 사람이 자살을 기도했다
부산 한진중공업 노조 사무실에서 목을 맨
최강서의 관은 죽어서도
공장 바닥을 쉬이 벗어나지 못했고
며칠 전엔 덤프트럭 운전사가
자기 차 안에 탄불을 피워놓고 잠들었다
모두 생계가 힘들어서였다는데
코끼리보다 더 큰 차를 가지고도
세상에서 제일 큰 고래보다
수천배나 큰 배를 만들면서도
대당 수천만원짜리 차를
하루 몇백대씩 조립하면서도
살길은 너무 작았나보다

일을 할수록 더 빈곤해지는

나이도 먹기 전에 쓸모없어지는
죽어서도 생계나
공장을 떠나지 못하는
이상한 나라의 이상한 동물들 이야기

기륭과 보낸 십년

국회에서 맺은 합의서도 종잇조각
천억대 회사를 육천만원짜리로 빼돌린 배임도 무혐의
노동자를 버리고 떠난 야반도주는 합법
백주대낮 회장 집 방문은 주거침입

소복 입고 관을 둘러메봐도
구십사일을 굶고 네번이나 고공엘 기어올라봐도
머리를 깎고 수천 배를 해봐도
변하지 않는 비정규직 굴레

우리가 기륭전자에서
십년간 배운 교훈은
자본은 인격이 없다는 명백함
국가는 합법의 외투를 걸친 이들의 사병이라는 것

답이 없지 않으냐가 아니라
그래서 새로운 답이
필요하지 않으냐는

피눈물 나는 교훈

경로

유가족들이 백혈병 사망자가 줄줄이 이어진
삼성전자 본관으로 들어가려 하자
용역 경비들이 말했다
"이러시면 안되죠. 다른 경로들도 많잖아요"

비정규노동자대회를 마치고
여의도까지 행진하겠다고 나서자
영등포경찰서 정보과 형사들이 말한다
"이건 약속한 경로가 아니잖아요"

어떤 경로로 가야
우리의 말을 들려줄 수 있을까

여덟발자국

송국현 님을 추모하며

자동센서가 부착된 방문이
활짝 열려 있었지만
그는 나올 수 없었다
뜨거운 불이 다가왔지만
말을 할 수도
일어설 수도 없었다

여덟발자국만 걸으면
밖으로 나올 수 있었다
감옥 같은 격리시설에서 이십칠년을 살았다
사람들과 함께 살고 싶어
자활 홈으로 나온 지 갓 반년
한달 생활비 삼만원
며칠 전엔 새 옷과 신발을 샀다고 좋아했다

장애등급심사센터가 있는
국민연금공단 성동지사 앞에 있었다
활동보조인 지원을 받아야 살 수 있다고

장애등급을 올려달라고
재심사를 해달라고, 심사가 나오기 전이라도
긴급복지지원이 필요하다고
성동주민센터도 찾았다 삼일 전이었다

그는 죽어서야
자신의 불행이 3급을 넘어
특급에 가까운 중증이었음을
증명할 수 있었다 그렇게
삼십오만명의 장애인들이
자신이 더 불행하다는 것을 증명하기 위해
안간힘을 써야 하는 세상은
얼마나 참혹한가

누구나
여덟발자국만 걸으면
다른 세상에 닿을 수 있다

※ 2014년 4월 13일, 송국현 님이 유명을 달리했다. 그는 죽기 전까지 광화문역 지하도에서 '장애등급제, 부양의무제 폐지' 농성에 함께했다. 지난 대선 당시 모든 후보가 이 사안들의 폐지를 약속했지만 지금껏 지켜지지 않고 있다.

너희는 참 좋겠구나
쌍용자동차 해고노동자들의 죽음을 추모하며

너희는 좋겠구나
이젠 5·18 광주에서처럼
총으로 곤봉으로 대검으로
쏘아 죽이고 때려 죽이고 찔러 죽이지 않아도
저절로 죽어가니

너희는 좋겠구나
이젠 한진중공업 박창수처럼
YH무역 김경숙처럼
굳이 떠밀어 죽이지 않아도
저절로 떨어져 죽어가니

너희는 참 좋겠구나
이제는 용산에서처럼
더는 물러날 곳 없는 망루에 가둬두고
짓밟고 태워 죽이지 않아도
저절로 피 말라 죽어가니

너희는 정말 정말 좋겠구나
이런 만고강산 태평천하
이런 누워서 떡 먹기 이런 브라보
시간만 가면 돈이 벌리는 희한한 세상이
배 터지게 입 찢어지게
환장하게 좋겠구나

노동자들만 눈물바다구나
평생을 뼈 빠지게 일하며 눈물바다
평생을 길거리에서 빼이치며 눈물바다
급기야 스스로 목숨까지 반납하며 눈물바다
짜디짠 눈물바다뿐인
노동자 세상이 참 좋겠구나

이 서러운 세상을 어떻게 사나
물량과 생산성에 쫓기지 않고
구사대 경찰에게 쫓기지 않고
실업과 생활고에 쫓기지 않고

먼저 가서 자네는 좋겠네,라고 얘기해야 하나
차라리 먼저 가서 자네는 행복하겠네, 하고 말해야 하나

무한경쟁 무한생산 무한소비로
벼랑에 도달한 것은 자본인데
왜 등 떠밀려 묻혀야 하는 것은 착한 우리들만인가
얼마나 더 많은 이들이 살처분당해야
자본의 위기는 해소되는가
이것은 계획된 학살
우리 시대 모두를 향한 자본의 테러다

그 진실을 캐지 않고
우린 이 스물두명의 참혹한 시신을 묻을 수 없다
너희를 단죄하지 않고
이 아이들의 슬픈 눈망울을 바라볼 수 없다
다시는 이런 아픈 추모시를 쓸 수 없으며
이런 뼈아픈 추도사를 읊을 수 없다

그러니 일어서자
더이상 죽지 말고
일어나 싸우자

※ 2011년 쌍용자동차 해고노동자 중 열다섯번째 희생자가 나왔을
때 이 추모시를 썼다. 더는 안된다고 일주일에 한번씩 보신각 앞
에서 쌍용자동차 해고자들과 추모문화제를 열었다. 함께했던 이
창근과 쌍용자동차 노동자들은 얼마 후 함께 희망버스를 탔다.
한진중공업에서만큼은 어떤 죽음도 없게 하자고 그해 내내 부산
으로 달렸다. 2012년 보석으로 출소해 다리 재수술을 받고 막 나
왔는데 쌍용자동차에서 스물두번째 희생자가 나왔다. 대한문에
분향소를 차리고, 범국민대책위를 꾸리고 다시 함께했다. 2013
년 끝내 박근혜 대통령은 국정조사 약속을 지키지 않았고, 그새
희생자 숫자는 스물여덟으로 늘었다. 이 시는 몇번이고 죽음의
숫자를 고쳐 읽어야 했다.

노동자들의 국기

진기승 열사 영전에

2014년 4월 30일 밤 11시
메이데이 124주년이 밝기 한시간 전
전주 신성여객 해고노동자 진기승이
회사 정문 국기 게양대에
자신의 목을 내걸었다

회사는 자신을 국가와 동일시했고
사장은 자신을 통치자와 동일시했다
국가경쟁력은 기업경쟁력과 같은 말
아침마다 사람들에게 국기 앞에
맹세와 경례를 시켰다

그가 파업 당시 끌려들어갔던
경찰서에도 유치장에도 법정에도
국기가 맨 앞에 걸려 있었다
그가 부당해고를 진정하러 찾아간
지방노동위원회 중앙노동위원회
행정심판소에도 그 국기가 걸려 있었다

보라고 이것은 국가가 아니라고
이것은 노동자들의 국기가 아니라고
말하고 싶었을까 오늘은
당신이 답답한 목줄을 풀고
어떤 묶임도 없는 저 하늘로 돌아가는 날
너무 많은 죽음에
눈물도 아픔도 다 말라버린
그런 날

※ 진기승 열사는 억울하게 해고당하지 말고 똘똘 뭉쳐 권리 행사를
하라는 유서를 남기고 2014년 4월 30일 자신의 몸을 국기게양대
에 내걸었다. 회장 앞에 무릎을 꿇고 용서를 빌면 복직시켜주겠
다는 약속. 그렇게 했지만 그는 복직되지 못했다. 마지막 인격마
저 유린당하고 목을 맨 다음 날 1심 행정법원은 그 해고가 무효
라는 선고를 내렸다. 사측은 5월 19일 인정할 수 없다고 뇌사에
빠진 그를 상대로 항소했다. 6월 2일 그는 끝내 숨졌고, 그로부
터 51일 만인 7월 22일 전주 풍남문 광장에서 '전국민주노동자
장'으로 장례가 치러지고 광주 망월동으로 운구되었다. 당시 일
부 5월 단체 회원들은 '기준이 있어야 한다'고 그가 망월동 묘역
에 안치되는 것을 막았다. 노동자 투쟁은 민주화운동이 아닌 생
존권 투쟁이라는 논리였다. 몸싸움이 나고 출동한 경찰에게 두
명이 연행되기도 했다. 그것이 더 서럽던 날이었다.

우리들의 크리스마스

삼성전자서비스 비정규직 최종범 열사의 딸 '별'이를 생각하며

천국으로 가는 길은 어디 있나요
직통으로 가는 길도 있나요
저 담쟁이넝쿨 붉은 성당으로 가면 표를 얻을 수 있나요
성처럼 웅장한 저 교회로 가서 기다리면 되나요

천만 비정규직 가족도 정규로 갈 수 있나요
공장에서 쫓겨난 해고자도 출입증 없이 갈 수 있나요
시시때때로 끌려가는 저 철거민도 노점상도
이주노동자도 차별 없이 온전히 들어갈 수 있나요

천국으로 가는 길은 어디 있나요
천국은 좋은 곳이라는데
거기도 부동산 투기를 하나요
그렇다면 우리 같은 서민들은 못 가겠군요

그 길에도 차벽이 가로막혀 있나요
그 길에도 공권력이 지키고 서 있나요
그 길에도 용역깡패들이 진을 치고 있나요

도대체 목매달지 않고
기름 끼얹지 않고 연탄불 지피지 않고
망루와 철탑에 오르지 않고 뛰어내리지 않고
천국으로 가는 길은 어디 있나요

그래서 말인데요
다시 돌멩이를 들지 않고
다시 스크럼을 짜지 않고
천국으로 가는 길은 어디 있나요

※ "삼성서비스 다니며 너무 힘들었어요. 배고파 못 살았고 다들 너무 힘들어서 옆에서 보는 것도 힘들었어요. 그래서 전태일 님 처럼 그러진 못해도 저는 선택했어요. 부디 도움이 되길 바라겠 습니다." 2013년 10월 31일, 삼성전자서비스 천안센터에서 일하 던 최종범 씨가 연탄불을 피우고 자살했다. 딸 별이의 돌잔치를 며칠 앞둔 때였다. 초일류기업이라는 삼성은 지금도 전국 160여 개 서비스센터 수리기사 만여명을 모두 재재하청의 비정규직으 로 고용하고 있다.

아직은 말을 할 수 있는 나에게

문송면 열사 25주기에 바쳐

어제는 아이에게 당신 이야기를 들려주었다

1987년 지금 너와 같은 열다섯 소년이 있었단다
충남 서산에서 태어나 야간 고등학교를 보내준다는 말을
믿고
영등포 수은주 만드는 공장에 들어갔지
두달 만에 손발이 마비되고 어지러워 쓰러졌어
병명도 알 수 없었어 마지막 찾아간
서울대병원에서 수은중독이 밝혀졌지
산재 판정을 받기까지 몇개월을 기다려야 했어
간신히 산재 판정을 받고 여의도 성모병원으로
옮긴 지 삼일 만에 운명했어
소년이 죽고 얼마 후, 구리시에 있던
원진레이온에서도 직업병 환자들이 나왔어
그곳은 이황화탄소였지
싸움은 길었어 근 십년이 걸렸는데
직업병으로 판명받은 사람만 천명이 넘었어
그 싸움 끝에 생겨난 산재전문병원이

아빠와 기륭전자 콜트-콜텍 삼성반도체 쌍용자동차 노
동자들이 입원했던 녹색병원이야
그러고 보니 아빠도 문송면 열사 덕을 본 사람이네
비로소 많은 이들이 산재 혜택을 받을 수 있었어
한 소년의 죽음이 한 일이었지
거기에서 추모시를 낭송하기로 했어
같이 가지 않을래?

마침 여름 샌들을 사야 한다는 아이를 데리고
새로 연 쇼핑몰에 갔는데
그곳이 구로동맹파업의 시작인
대우어패럴 자리여서 그 이야기도 해주었다

1985년 이곳에 대우어패럴이라는 봉제공장이 있었어
대각선으로 있는 마리오아울렛 자리는 효성물산이었지
여기에 다니던 여성노동자들이
해방 이후 첫 노동자동맹파업을 일으켰지
열네다섯부터 실밥을 뜯고

자기 손보다 큰 재봉가위를 들어야 했던 이들이었어
고참 언니들이 갓 스물 중반
외출도 못하는 군대 막사 같은 기숙사나
닭장촌이라 불린 작은 방에 몇명씩 함께 살았지
오십명이 구속되고 이천명이 해고됐어
네가 자주 다니는 도서관은
그 어린 여성노동자들이 졸린 눈을 부비며 다니던
산업체특별학급 은일여상이 있던 자리야

여름 샌들과 예쁜 지갑 하나를 사주고 나오는 길
하필이면 뒷문으로 나왔는데
거기 추억의 건물이 하나 더 있었다
아, 저기 건물 삼층 보이지
저곳이 아빠와 엄마가 만난 곳이야
구로노동자문학회가 있던 곳이지
아빠와 엄마가 젊은 시절 십수년을 산 곳이야

이젠 모두 자본의 그늘 아래 지워져버린 자리들

잠시 뭉클하기도 하고

잠시 서늘해지기도 하는 길

돌아오며 내내 당신 생각을 했다

내일 당신에게 가서 무어라고 말해야 하나

당신 때문에 더 많은 사람들이 안전해졌다고 공치사를
해야 하나

이제 더는 변혁을 이야기하지 않고

일상의 안락에 중독되어버린 우리의 가난함을 질타해야
하나

수은처럼 싸늘하게 식어버린

내 젊은 날의 열정에 대해 고백해야 하나

이젠 이 복잡한 세상을 어찌해야 할지 모르겠다고

조금만 고민해도 머리가 터질 것 같고

회로가 엉클어져 미쳐버릴 것만 같다고

그렇게 죽어가는 내 이성에 대해 실토해야 하나

무어라고 얘기해야 하나 이 참혹한 세계를

경쟁이라는 치사제를 스스로 주입하고

소비라는 환각제를 날마다 흡입하며

실업이라는 수은을 빨아 마시다
비정규직이라는 이황화탄소를 들이마시다
구조조정 정리해고라는 유기용제를 마시다
치솟는 집값 전셋값 등록금이라는 독극물을 마시다
탈출구 없는 이곳에서
환기구 없는 이곳에서
날파리처럼 부대끼다
알아서 연탄불을 지피거나 목을 매거나 떨어지며
자살이라는 최후의 안락을 마셔야 하는
이 수많은 사람들의 일상적 죽음의 시대를
그런 비참한 인간 가족들 위에서
오늘도 끊임없이 무한증식해가는
이윤이라는 자본이라는 권력이라는
저 거대한 욕망의 덩어리를 무어라고 얘기해야 하나

말 없는 당신에게가 아니라
아직은 말을 할 수 있는 나에게
모든 생을 우리에게 주고 가버린 당신에게가 아니라

아직은 살날이 많은 저 아이들에게
우리는 무어라고 얘기해야 하나
샌들과 지갑을 머리맡에 놓고
무슨 좋은 꿈을 꾸는지
잊을 만하면 키득키득 웃으며 잠꼬대를 하는
아이 방을 몇번이나 드나들며
세월이 흘러도 양철북처럼 키가 자라지 않는 당신께
참 쓸 수 없는 시 한편을 쓴다

저녁 운동장

검정 비닐봉지처럼 아이들이
이리저리 날린다 하루의 마지막 볕을
배급 받으러 나온 노인들도 어슬렁거린다
패딱지를 잃고 울던 아이가
제 엄마에게 질질 끌려간다
신작로에서 정복 차림의 어둠이 저벅저벅
걸어들어온다 침침해진 아이들 눈이
땅 쪽으로 더 기울어진다 그때마다
운동장에 조그만 무덤이 하나씩
새로 돋아난다 껴안아주고 싶지만
내 안엔 더 큰 어둠이 웅크리고 산다
밤하늘에 흰 핀을 꽂고
문상 나온 별들

아직 오지 않은 말들이 많다

송종원

　시집을 읽는 일은 어찌 보면 특별한 장소를 체험하는 일이기도 하다. 우리는 그곳에서 시가 슬쩍 열어놓은 다른 차원의 삶을 맛보고, 변화 중인 삶의 모양새를 떠올려보거나 잠재적인 삶의 풍요로움을 다시 곱씹어보기도 한다. 그러한 과정 속에서 다른 감각이 활성화되고, 다른 기억이 가능해지며, 다른 방식의 윤리적 신경망이 가동된다. 그런데 송경동의 신작 시집 『나는 한국인이 아니다』를 읽고 난 후 이런 말을 습관적으로 쓰고 있자니 좀 야릇한 기분이 든다. 그의 시집은 다른 차원의 삶과 삶의 조용한 변화를 말한다는 게 특별한 여유처럼 보일 정도로, 혹은 애초부터 그런 꿈은 불가능하다는 듯이, 우리를 아주 고립된 장소로 몰아가거나 아주 편파적인 시선을 우리 앞에 제시하기 때문이다.

　이를테면 그의 시는 "내가 죽어서라도 세상이 바뀌면 좋겠다며/내어줄 것이라고는 그것밖에 남지 않았다는 듯/노동자들이 목숨을 놓"(「고귀한 유산」)는 곳으로 우리를 이끈다. 또한 건축물을 지나치는 순간에도 시인은 그것의 외적 아름다움이나 기능적 개성 등을 보는 것이 아니라 "H빔에 발가락 물린 최씨/그라인더에 눈을 간 안씨/제 손을 타공한 김씨/(⋯)/장비에 깔려 탕탕탕 세번 바닥을 치다 간 박씨/비 오는 날 용접선에 달라붙은 황씨"(「MRI를 찍던 날」)의 삶을 읊조리며 우리를 불편하게 한다.

그러니까 어떤 안온한 자리, 사회학 용어를 빌리자면 중산층이라고 할 수 있을 그 자리의 욕망을 실현하기 위해 우리가 미처 못 본 척했고 굳이 알려고 하지 않았던 것들을 송경동의 시는 보게 하고 알게 한다. 따지고 보면 이와 같은 시적 개성이 전혀 낯선 것은 아니다. 송경동과 유사한 목소리를 지닌 시집들이 대중의 곁에 함께하던 때가 있었다. 사회를 바꾸기 위해 새로운 꿈을 현실 속에 배치하려 노력했고 그 과정 중에 노동자의 정치성을 중요한 매개로 여겼던 시기가 우리 시사(詩史)에도 존재한다. '노동문학'이란 용어가 새로운 가능성으로 다루어지던 1980년대가 그렇다. 하지만 아이러니하게도, 형식적 민주주의가 뿌리내리고 노조가 합법화되는 시기와 맞물려 송경동과 비슷한 꿈을 꾸던 이들은 노동문학의 영역을 벗어났다. 누군가는 '평화'라는 가치를 찾아 떠났고, 누군가는 '생태'나 '인권'

의 영역으로 빠졌으며, 누군가는 아예 소식조차 들을 수 없게 되었다. 그리고 그사이 노동문학은 결국 시장이 승인한 특이한 상품이 되어 대형 서점의 한구석을 차지하게 되었다고 말한다면 너무 냉소적인 과장일까.

그런데 이와 같은 진단을 역사 감각을 위장한 패배주의적 서사의 하나로 간주하게 하는 이들이 있다. 그들에게 우리가 처한 역사적 단계는 아직 노동과 문학이 만나는 자리에서 발생할 수 있는 행복의 이미지를 꿈꾸는 일을 저버릴 시기가 아니다. 이를테면 그들 중 하나인 송경동은 '시인은 어떤 존재인가'라는 질문에 "아직 오지 않은 것, 덜 밝혀진 것, 용기나 이런 걸 얘기하는 사람이 시인이다"라고 말한 적이 있다. 무엇이, 아직도, 오지 않았는가.

밤에도 일하는 사람들이 있다고
달래듯 발밑에서 파도가 철썩인다
나는 모르는 일이라고 말한다

이 밤에도 도는 라인이 있다고
사방에서 파도가 입을 열고 따져 묻는다
나는 이제 모른다 모른다고 한다

이 밤에도 끌려가는 사람들이 있다고

벌떡 일어서 눈 밑까지 다가오는 파도
그래서 어쩌란 말이냐고
나는 이제 모두 잊고만 싶다고 한다

아직도 정신을 못 차렸다고
얼굴을 냅다 후려치는 파도
내가 무엇을 잘못했느냐고
자갈처럼 구르며 울고만 싶다

이십여년 노동운동 한다고 쫓아다니다
무슨 꿈도 없이 찾아간 바닷가
파도의 밤샘 취조
　　　　　　　　　　　　　—「바다 취조실」 전문

　그러니까 아직은 '밤'이다. "밤에도 일하는 사람들이 있"
는 밤이고, 노동에 대한 부당한 처우에 항의하는 사람들을
잡아가는 밤이고, "이십여년 노동운동 한다고 쫓아다"녔지
만 꿈 하나 제대로 이루지 못한, 그런 밤이다. 밤에서 또다
른 밤으로 이동하는 사이 시인은 무수히 많은 세상의 경찰
들의 취조를 경험했으리라. 경찰이 직업인 사람만이 경찰
이 아니다. 노동운동이라고 하면 불법성을 먼저 떠올리는
사람이라면 누구나가 세상의 경찰이다. 그들 중 누구는 도

무지 이해하지 못하겠다는 표정으로 왜 그러느냐고 시인을 추궁했을 것이고, 또 누구는 애처롭게 바라보며 왜 아직도 그 오래된 믿음을 버리지 못하느냐고 물었을 것이다. 아직도 그런 헛된 꿈을 꾸느냐는 식의 말을 건넨 이는 또 얼마나 많았을까. 그때마다 시인은 당당히 말했을 것이다. 노동자의 '햇새벽'은 오지 않았다고, "아직 오지 않은 것, 덜 밝혀진 것, 용기나 이런 걸 얘기하는 사람이 시인이다"라고. 또한 그의 시는 곧 그의 답변이라고 할 수 있다. 시집 5부에 실린 시편들과 그 외 노동운동 현장과 관련된 여타의 시들은 시인이 자신을 취조한 세상의 경찰들에게 내민 어떤 항변서로 읽어야 하는 게 아닐까.

그런데 아마도 경찰의 취조 따위는 시인을 진실로 힘들게 하지 않았을 것이다. 더 힘든 것은 자기가 자신에게 하는 취조이다. 그에게도 자신의 안위를 위해 지독하게 어둡기만 한 현실을 애써 모르는 척하고 싶었을 때가 왜 없었겠는가. 더군다나 그가 어두운 현장의 한복판에서 세계가 더욱 교묘하게 자신들을 공격해오고 관리하는 것을 직면했던 사람이었던 만큼, 자기 취조에 동반된 감정의 복잡다단함은 현장 바깥에서 바라보는 자로서는 감히 짐작하기조차 어렵다. 그저 바깥에 있는 자로서는 단지 시의 언어에 기대어볼 뿐인데, 그러다보면 파도에 부서지는 "자갈처럼 구르며 울고만 싶"은 저 심정이 어렴풋이 전해지는 것도 같다.

저 울음과 뒹굶은 역사의 어둠에 빠져들지 않으려는 한 정직한 인간의 몸부림 같은 게 아니었을까. 그 몸부림은 한 노동자 시인이 한국의 1990년대와 2000년대를 통과하며 제 몸속에 아로새긴 고통스러운 기억의 발현이라고 보아야 하지 않을까.

사실 「바다 취조실」이 보여주는 정동(情動)은 이 시집에서 매우 드문 것이다. 대부분의 시편들에서 시인은 자신의 경험을 떳떳하게 이야기하고 당당하게 전달한다. 그러니까 얼핏 보면 「바다 취조실」에 그려진, 화자의 외면하고 싶은 욕망과 고통 서린 울분은 시집 전체의 정서와 모순된 것처럼 보일 수도 있다. 하지만 이것은 모순이 아니다. 불안했기 때문에, 진실로 떳떳하고 당당했기 때문에 더욱 사려 깊게 자신을 돌아보고 들여다보는 자기의심은 도리어 타당하지 않은가. 아니, 이 말로는 충분하지 않다. 우리는 그가 시인이라는 사실을 환기할 필요가 있다. 정치적 신념으로 인해 자신의 정직한 욕망을 왜곡하지 않는 존재로서의 시인이 실재한다면 송경동이야말로 그이다. 그는 명백하게 결정되지 않은 지점에서 자신의 입장을 논리적인 설명으로 대체하는 대신에, 모순과 불투명성을 버티고 견뎌내며 무거운 말이 움직이도록 울음을 토하고 몸부림을 치며 실천해왔다. 누구의 말대로 시는 인간의 실존에 대한 판단도 아니고 해석도 아니다. 판단과 해석을 움직이게 하는 우리 자신이 곧 시이기 때문이다.

　노동문학과 관련해 변화된 사회적 조건을 가까이에서 체감한 시인에게 어쩌면 당연하게 찾아온 것인지도 모를 뼈아픈 선물은 역사에 대한 감각이다. 자신의 경험을 역사적 지평 위에서 바라보는 일은 패배와 좌절 속에서 자신도 모르게 관성화된 비극적 현실 인식의 감각을 현실의 너른 지평인 역사 속에서 재조정하는 작업이다. 이 작업은 노동과 문학 사이에서 한국어로 시를 쓰는 이들이 한번쯤 겪어내야 할 필연적인 과정에 가깝다. 한 사람이 실제로 경험하고 파악한 현실의 지형은 제한적이다. 하지만 내 앞 혹은 내 옆에 누가 있었고 그들과 어떤 꿈을 공유했고 어떤 삶을 공유하지 못했는지를 아는 이에게라면 현실의 지형은 자신 안에 숨어든 새로운 욕망의 활로를 좀더 쉽게 드러내 보일지 모른다. 시가 단지 낱말과 낱말의 결합이 아니라 개인적인 것과 집단적인 것의 결합으로 탈바꿈하는 순간, 저 욕망의 새로운 활로와 함께 펼쳐지리라 예상하는 일은 어렵지 않다.

　검정 비닐봉지처럼 아이들이
　이리저리 날린다 하루의 마지막 볕을
　배급 받으러 나온 노인들도 어슬렁거린다
　패딱지를 잃고 울던 아이가
　제 엄마에게 질질 끌려간다

신작로에서 정복 차림의 어둠이 저벅저벅
걸어들어온다 침침해진 아이들 눈이
땅 쪽으로 더 기울어진다 그때마다
운동장에 조그만 무덤이 하나씩
새로 돋아난다 껴안아주고 싶지만
내 안엔 더 큰 어둠이 웅크리고 산다
밤하늘에 흰 핀을 꽂고
문상 나온 별들

　　　　　　　　　　　　　—「저녁 운동장」 전문

　하나의 시선이 배회하는 운동장 위로 한 시절이 흘러간
다. 이 운동장에는 한 순간이라 말할 수 없는 기억의 서사
가 펼쳐진다. 기억은 무엇이 행복인지 무엇이 불행인지도
모르고 그저 울고 웃었던 유년 시절로부터 시작되는데, 이
시의 시선이 닿는 유년의 시간은 청년과 장년의 삶으로 순
탄히 이어지지 않는다. 동네로 밀고 들어온 신작로를 통해
도시로 나간 아이들은 침침해진 눈으로 "땅 쪽"을 바라보
다 사라지고, 그에 대응하듯 새로 돋아난 "무덤"의 형상이
운동장을 차지한다. 신작로가 상징하는 게 무엇인지, 또 신
작로를 통해 도시로 나간 아이들의 삶이 어떠했을지 추측
하는 일은 어렵지 않다. 압축적인 근대화의 이면에 드리워
진 불행의 그림자에 대해 이야기하는 일은 우리에게 이미

익숙하다. 독특한 것은 이 기억의 운동을 바라보던 저 시선의 태도이다. 자신의 바깥에서 텅 빈 공허를 발견한 시선이 그 거대한 슬픔을 끌어안는 대신에 "더 큰 어둠"을 자신의 안에서 발견하며 머뭇대는 순간의 기록은 묘하다. 아마도 이 묘한 느낌은 거대한 슬픔을 끌어안고 통곡하는 시인의 표상에 대한 기대 때문일 텐데, 이 기대를 무너뜨린 행위에 개입된 시인의 직관은 범상치 않아 보인다. 저 "더 큰 어둠"은 죽음과의 동화를 통해 극적으로 자신의 윤리적 책무를 벗어던지는 기만을 행하지 않으려는 자기반성적인 시선을 포함하는 동시에, 저 억울한 죽음을 죽음의 상태로 종결지으려는 욕망의 주체들과 타협하지 않겠다는 의지의 표출로도 여겨진다.

신기하게도 송경동의 시에서는, "더 큰 어둠"이란 말은 충분히 추상적인데도 추상적으로 느껴지지 않으며, 부정적인 뉘앙스가 느껴질 만한데도 그다지 부정적으로 느껴지지 않는다. 아마도 그의 시집 곳곳에 값싼 감정과 차가운 지식으로는 포착할 수 없는 구체적인 삶의 결과 그 결을 매만져본 자의 섬세함이 살아 있기 때문일 것이다. 때로 자기 체험에 한정된 경험에 사로잡힌 시인의 언어가 관념적으로 들릴 수는 있어도, 송경동의 시편에 등장하는 사람들의 모습을 관념적으로 느끼기는 어렵다. 그들은 어느 누구보다도 시인의 감각을 예민하게 만든다. 시인이 이번 시집에서 자주 노래한 젊은 시절의 시편들에서 만나볼 수 있는 사람들, 혹은 추모의 현장에서 시인이 불러낸 사람들이야말로 그의 시의 관념을 깨부수는 "더 큰 어둠"의 배후라고 할 수 있다. 그렇기 때문에 "피눈물 없이는 바라볼 수 없는 시절들이 모여 지상에선 존재할 수 없었던 아름다운 사람들의 클럽"(「허공클럽」)이나, 김진숙의 고공농성이 백일째 되던 밤 12시 "불 꺼진 크레인 아래에 하트 모양 촛불을 켜두고/ 백일 노래자랑을 해주던/한진중공업 늙은 노동자들"(「그 노래들이 잊히지 않는다」)의 모습은 송경동의 시에서 빠질 수 없는 핵심이다. 시인은 그들의 표정에서 움직이는 감정을 느끼고, 그들의 노래에서 살아 있는 역사의 기미를 감지한다. 그리고 동시에, 그들을 둘러싼 어떤 억압의 실체에도 예민해진다.

이사하고 집안에 흉사가 끊이지 않는데
꿈속에 큰 구렁이 두마리가
뒤란 대숲으로 사라지더란다

미신인 줄 알면서도, 조기에 잡지 않으면
내내 주술이 끊이지 않을 것 같아
밤마다 어머니 꿈길 속으로 몰래 숨어들었다

며칠을 잠복해 있다
사투 끝에 한마리는 잡았는데
한마리는 그만 놓치고 말았다
이제나저제나 나타나려나

그러던 어느날 오후 깜박 졸았는데
행여나 네놈이 나를 잡겠다는 거냐고
어머니가 열폭 비단구렁이로 변해 담을 늠실늠실 넘어
대숲으로 미끄러지는 것이었다

어머니의 주문을 이해하기까지는
천년의 시간쯤이 필요하다

—「주문」전문

 어머니가 꾼 꿈의 언어는 엉뚱하고 유연한 방식으로 중
요한 무언가를 암시한다. 이를테면 "큰 구렁이 두 마리가/
뒤란 대숲으로 사라지"는 장면이 그렇다. 이 장면에 관해서
는 다양한 해석이 가능할 텐데, 해석의 방식에 따라 우리의
눈앞에 선명히 모습을 보이는 것은 기발한 해석의 내용이
아니라 해석 주체의 인식 체계이다. 가령 저 꿈의 이미지에
서 성스러운 무언가가 집에서 쫓겨났다는 풀이가 가능하
다. 무속적인 인식을 떠올리게 되는 이러한 해석에서 중요

한 것은 무속이라는 범주가 아니라 그 방식에 깃든 유대와 공존의 감각이다. 어쩌면 그 감각 자체가 성스러운 대상이라고 말할 수도 있다. 또한 단순하게는 흉사로 인한 타격이 얼마나 크길래 집 안 깊숙한 곳에 숨어든 것조차 집 밖으로 빠져나갈까 하는 생각도 가능하다. 이는 평범한 생각이지만, 이 생각에도 낯선 존재를 쉽사리 혐오의 대상으로 삼지 않는 신중함이 배어 있다. 그러고 보면 화자인 아들의 해석틀은 상당히 증상적이다. 주의를 기울이지 않으면 큰 문제를 발견하기 힘든 이 사고방식에는 문제의 원인을 성급히 타자화하는 전략이 숨어 있다.

시인은 시의 마지막에서까지도 저 꿈에 대한 단순한 해석을 짐짓 모르는 체하는 듯 보인다. "천년의 시간"이란 표현이 그렇다. 진정으로 "어머니의 주문을 이해하기까지는/ 천년의 시간쯤이 필요"한 걸까. 아마도 이 "천년의 시간"이란 표현에는 시인의 뼈아픈 기억이 작용하고 있는지도 모르겠다. 왜냐하면 송경동이 시를 쓰는 자리는 저처럼 사회의 타자화 전략에 쉽게 노출되는 것은 물론이거니와 그에 따른 제물이 되는 자리와도 가깝기 때문이다. 저 아들의 행동양식이 평범한 우리들의 삶을 사로잡고 있는 주술이라고 해도 무리는 아닐 것이다. 「여섯통의 소환장」은 우리 사회가 어떠한 주술에 사로잡혀서 어떠한 가치전도 속에 유지되는가를 보여준다.

우리 기준으로는,

신고가 필요하지 않은 기자회견에 추모제이거나

문화제이거나 측은지심이거나

차마 돌아서지 못한 양심이거나

지속가능한 사회를 위한 연대이겠지만

저들 기준으로는,

미신고 집회 주최 집회 및 시위에 관한 법률 위반

해산 불응 구호 제창 피케팅 기준 소음 초과 건조물
침입

폭력행위 등 처벌에 관한 법률 위반

특수공무집행방해 일반교통방해

— 「여섯 통의 소환장」 부분

지배계급이 기준으로 삼는 법은 피지배계급의 행위를 촘
촘하게 규제하며 그들의 정당한 요구조차 부당하다고 말한
다. 안타깝게도 시에 기록된 법적 표현에서 공동의 삶을 위
한 도구로서 법의 모습을 찾아보기는 힘들다. 그렇다면 법
의 폭력성과 마주한 반대편 언어의 경우는 어떤가. "우리
기준"을 제시하는 언어에서 주목할 부분은 "추모제", "측은
지심", "양심", "연대"와 같은 공공적 가치를 지향하는 단어

이지만, 그보다 더 중요한 것은 '~이거나'라는 표현이다. 사회적 의사소통은 추상적 욕망이 다양한 형태로 분화되어 활성화되고 다시 그러한 분화 상태가 비판적 토론을 거쳐 조정되는 과정을 필요로 한다. 그러므로 '~이거나'라는 표현이 사회적 의사소통의 과정에 맞춤한 형식이라는 점에는 누구도 동의하지 않을 수 없을 것이다.

반면에 이 시에 드러난 법의 딱딱한 명사적 고시(告示)는 '~이거나'와 같은 유연함이 전혀 없다. 피지배계급의 모호한 희망과 개별적 욕망은 명확한 법의 논리 속에서 통제되고, 또 자주 위법행위로 전환된다. '명확한 법의 논리'라고 썼지만, 꼭 그렇지만도 않다. 명확한 법리 체계가 가장 무서워하는 것은 명백한 사실과 보이지 않는 윤리이다. 그만큼 법은 때로는 사실을 피해서 작동하고 때로는 윤리를 억압하는 방식으로 가동된다. 그리고 그럴 때일수록 법은 더더욱 명확성을 가장한다. 더불어 법의 불명확성은 그것을 소환하는 주체의 자리를 질문할 때 드러나기도 한다. 국가라는 추상이 거기에 자리하기 때문이다. 송경동의 시적 목표 중 하나는 현실의 지형에 잠재하면서 역사를 만드는, 자연스러운 욕망의 움직임을 그려내는 일이다. 이 일은 동시에 그 욕망을 제지하고 억압하는 국가의 민얼굴을 드러나 보이게도 한다. 그래서 그는 시에 '국가'라는 말을 거의 쓰지 않는다. 의회기구와 사법기구와 행정기구라고 적지도 않는다. "보수언론"이라고 쓰고, "생활기록부"라고 쓴다. "재판정"이라고 쓰고, "정보과 형사"라고 쓴다. 정부, 경찰, 법원, 감옥 같은 국가의 폭력적 억압 장치와 함께 언론, 교육, 가족과 같은 이데올로기적 국가 장치 또한 환기하려 하기 때문이다. 우리에게 순응하는 법과 복종하는 법을 가르치는 것은 소단위 권력들이다. "어머니의 나라말"을 모르게 하는 가족 체계 안에 국가가 이미 들어와 있는 셈이다.

국가 장치들에 대한 강렬한 거부가 결국에는 국적을 거부하는 일로 나아가는 과정은 자연스럽다. 「나는 한국인이아니다」의 마지막 부분을 옮긴다.

나는 한국인이다
아니 나는 한국인이 아니다
나는 송경동이다
아니 나는 송경동이 아니다
나는 피룬이며 파비며 폭이며 세론이며
파르빈 악타르다
수없이 많은 이름이며
수없이 많은 무지이며 아픔이며 고통이며 절망이며
치욕이며 구경이며 기다림이며 월담이며
다시 쓰러짐이며 다시 일어섬이며
국경을 넘어선 폭동이며 연대이며

투쟁이며 항쟁이다

　　　　　　　　　　—「나는 한국인이 아니다」부분

　저렴한 임금비용을 수단으로 동남아시아에 진출한 한국
자본이 현지에서 국가권력과 결탁하여 그곳 노동자들에게
벌이는 파렴치한 행동을 차갑고 건조한 어조로 그려내던
시는 후반부에 이르러 이 모든 문제적 상황과 무관하지 않
은 자신의 정체성을 뜨겁게 되묻는다. 한국이라는 한 국가
안에서 시인의 위치는 자본의 불합리와 싸우는 일은 물론
이거니와 도구화된 노동자의 삶을 회복하려는 각성된 노동
자의 자리에 가깝지만, 국경을 손쉽게 넘으며 자신의 영향
력을 확산하는 초국적 자본의 세계에서라면 자본의 술책에
의해 본의 아니게 타국의 노동자들의 직장을 위협하고 빼
앗는 자리를 차지할 가능성도 갖게 된다. 한쪽 나라에서 강
제로 해고되고 울부짖는 노동자가 있어야만 다른 한쪽 나
라에서 고용되었다고 기뻐하는 노동자들의 삶이 가능한 세
계. 더군다나 이 분열은 꼭 국제간의 일에만 해당하지 않는
다. "비정규직 확산과 우선해고에 눈감는"(「나는 한국인이 아
니다」) 정규직 위주의 노조 활동 역시 노동자라는 집단적
정체성의 환상을 신랄하게 보여준다. 이 불편한 진실들에
맞닥뜨려 시인의 감정은 요동치면서 질문에 질문을 거듭한
다. 그는 한 국가의 범위만을 상대했던 자신의 노동운동의

실질은 무엇이었는지를 묻고, 자신의 운동이 하나의 결집체를 구성하며 특정한 대상과 싸우고 있다는 믿음이 더 큰 현실을 바라보기 위해서는 폐기해야 하는 환상의 서사였음을 인정한다. 시작 노트에서 시인은 다음과 같이 적었다. "작은 패권, 작은 조합주의, 작은 당파성, 작은 민족주의, 작은 국가주의에 물들어 희망이 보이지 않는 우리 사회에 절망하던 때" 이 시를 썼다고.

송경동 시인에게 시는 그것을 쓰면서 자신이 제기한 문제를 해결하는 장이 아니라 자신이 던진 의심, 혹은 그것과 관련한 문제를 더욱 복잡하고 거대하게 만드는 장이다. 선명한 문제제기야말로 어찌 보면 가장 큰 환상이다. 문제의 밑바닥에는 문제를 제기함으로써 생겨났을 수많은 적대와 증상이 숨겨져 있기 때문이다. 시인이 경험했던 수많은 노동운동 역시 저 적대와 증상을 새롭게 발견하는 작업에 가까웠을 것이다. 그리고 그 경험은 자연스레 시 속에 녹아들었다. '한국인'에서 '한국인이 아닌 곳'으로, '송경동'에서 다시 '송경동이 아닌 곳'으로 옮겨가는 주체성의 흔적이 바로 그 증거이다. 송경동의 시는 여전히 '나는 ~이다'라는 선언에 내포한 윤리 감각을 되묻는 동시에 '나는 ~이다'라는 언어를 포획하고 있는 특정한 정치성을 의심한다. 시가 윤리의 입을 열자 정치의 입이 답을 하고, 정치가 몸을 움직이자 다시 시가 손을 내미는 상황. 다시 말해 「나는 한국인이 아니다」라는 시가 우리에게 보여준 것은 감정의 결속력과 지성의 자기반성적 거리감을 동시에 확보하려는 시도이자, 어떤 모순성을 특별한 운동성으로 바꾸어낼 줄 아는 정치적 상상력이며, 또는 지난한 싸움을 지속하며 시인이 빚어낸 창조적 기억의 역동성이다. 그리고 이 표제시에 내재한 힘이야말로 『나는 한국인이 아니다』라는 시집을 빚어낸 원동력이다.

서두에서 나는 송경동의 시가 우리를 희망이 사라진 고립된 장소로 몰아간다고 적었다. 또한 아주 편파적인 시선으로 우리 사회의 평균적인 시선이 지닌 자기 제한적 성격에 타격을 가한다고도 썼다. 하지만 그런 언어만으로는 충분하지 않다. 송경동의 시를 따라 읽는 시간은 한 비평의 언어 또한 자리를 이동하기를 요구한다. 그의 시는 우리의 삶의 자리에 내재한 적대와 갈등이 첨예한 장소로 우리를 이끈다. 싸움이 일어나는 험한 곳으로 연상하기 쉽지만, 그 싸움의 발생지는 종결할 수 없는 슬픔, 기억해야 하는 아픔, 그리고 계산할 수 없는 친밀성과 같은 사랑과 유대의 감각이 드리워진 자리라고도 말할 수 있다. 그의 시는 고립을 말하기 위해 작성된 것이 아니라 고립을 넘어가기 위해 작성되었다. 그리하여 사회의 타자화 전략에 목소리를 얻지 못했던 자들이 그의 시에서는 간접적으로 목소리를 내고, 그 목소리를 가로막는 동시에 자본주의의 작동 부실을 돕는 국가의 폭력적 억압 장치와 이데올로기 장치가 자신의 얼굴을 드러내기도 한다. 거부하면서 개방하고 부정하면서 사랑하는 운동, 송경동의 시는 바로 저 운동이 펼쳐지는 자리이다. 그리고 이 운동의 바깥에는 아무도 살지 않는다.

宋鐘元 | 문학평론가

  희망버스를 기획했다는 죄목으로 부산구치소 0.7평 독방에 갇혔을 때 비로소 자유의 참맛을 알았다. 하루 세끼 변기통에서 식기를 세척하다보면 마음이 한없이 소박해지고 깨끗해졌다. 하루 삼십분 창살 틈으로 들어왔다 가는 '다람쥐 꼬리'만 한 햇빛에 얼굴을 내밀어 해바라기하는 일이 참 놀라운 일이었다. 갇히고 나서야 내 안에서 세월이 흘러도 자라지 못한 채 어둡게 웅크리고 있던 한 아이를 떠나보낼 수도 있었다. 잘 가라. 한없이 아팠지만 고마웠던 세월이여. 너의 결핍을 통해 비로소 살아가며 귀한 일들이 무엇인지를 알았다. 그제야 '나'라는 작은 집착과 경계에서 조금은 자유로워져 성년이 되는 기분이었다.

  내 경우처럼, 세월이 흐른다고 모든 시대가 저절로 성숙해지는 것은 아니었다. 모든 어른이 저절로 '어른'이 되는 것도 아니었다. 그 반대의 경우가 더 많았다. 어떤 미련과 상처 때문인지 중세의 거울 앞을 떠나지 못하고, 여태 봉건의 좁은 우물 속을 사는 이들이 있다. 야만의 근대를 악착

같이 붙잡고 늘어지고, 끝내 분단 시대를 고집하는 이들이 있다. 자본의 시대를 마지막으로 역사의 종언을 고하고 싶은 이들이 있는 반면, 아직 역사의 외부는 더 있다고 믿고 다른 세계를 꿈꾸는 이들이 있다. 하나의 현대를 사는 것 같지만 '우리'가 모두 같은 동시대인은 아니었다. 결국은 나도 어느 자리엔가 설 수밖에 없었고, 그 자리들이 나의 시가 되기도 했다.

이렇게 나는, 이제야 내가 살아가는 세계의 초입쯤에 다다르게 되었다. 앞으로도 더 알아야 할 다름과 경이로움, 더 배워야 할 존중과 공존의 세계가 많을 것이다. 그렇더라도 잃지 말아야 할 높은 용기와 신념의 세계도 많을 것이다. 시보다 먼저 살아야 할 일들이, 시보다 먼저 만나야 할 사람들이 많을 것이다. 참지 말고 퍼부어야 할 말들이 있는 반면, 한없이 반성하며 작아져야 할 일들이 많을 것이다. 내 것으로 움켜쥐어야 하는 것들보다 공공의 것으로 내려놓아야 할 것들이 더 많을 것이다. 악독하고 비참한 일들도 많

은 세상이지만 그보다 더 존엄하고 아름다운 일들로 가득
찬 게 이 생명의 별이라는 사실을 잊지 말자. 어떤 경우에
도 우리가 살아가며 배우지 말아야 할 말 중 하나는 '절망'
일 것이다.

2016년 2월

송경동

창비시선 394

나는 한국인이 아니다

초판 1쇄 발행/2016년 2월 22일
초판 7쇄 발행/2022년 6월 30일

지은이/송경동
펴낸이/강일우
책임편집/박준
조판/신혜원
펴낸곳/(주)창비
등록/1986년 8월 5일 제85호
주소/10881 경기도 파주시 회동길 184
전화/031-955-3333
팩시밀리/영업 031-955-3399 편집 031-955-3400
홈페이지/www.changbi.com
전자우편/lit@changbi.com

ⓒ 송경동 2016
ISBN 978-89-364-2394-0 03810